선택

행복하고 성공한 인생을 꿈꾸는
당신에게 드리는 희망의 메시지

선
택

김복현 지음

도서
출판 더로드
The Road Books

만일 네가 다시 한번
선택할 수 있다면

"만일 네가 다시 한번 선택할 수 있다면 어떻게 될까?"

"지금의 인생이 달라지겠죠."

"그래. 선택을 바꾸면 인생이 달라지지."

"그러면 선택을 어떻게 해야 하나요?"

"선택할 때 기준이 중요하지."

"그러면 어떤 기준으로 선택해야 하나요?"

"현재보다는 미래를 보고 선택해야지."

"그것은 현재보다 미래가 더 중요하다는 것인가요?"

"아니지. 현재를 살아가는 것이 중요하지. 하지만 현재는 지금까지 자신이 선택한 결과이지."

"그러면 지금 선택을 바꾸면 미래가 달라지겠네요."

"그렇지. 그래서 선택할 때는 미래를 생각해야지."

"또 어떤 선택을 해야 하나요?"

"그것은 자신보다 상대방을 먼저 생각하는 거지."

"그럼 자신보다 상대방이 중요하다는 거네요."

"아니지. 그것은 자신이 중요해서 그렇지."

"그건 무슨 뜻인가요?"

"자신만을 생각하고 선택하면 어떻게 되지?"

"상대방이 싫어할 것 같아요."

"그렇지. 그런데 상대방을 생각하고 선택하면 어떻게 되지?"

"그러면 당연히 상대방이 좋아하겠죠."

"그러면 자신은 어떻게 되지?"

"상대방이 좋아하면 자신도 좋아지겠죠. 최소한 나빠지지는 않겠죠."

"그렇지. 그래서 자신에게도 도움이 되지."

"그렇지만 항상 상대방이 좋아하는 것을 할 수는 없잖아요."

"그렇지. 그래서 현명한 선택을 해야지."

"그러면 현명한 선택은 어떤 것인가요?"

"그것은 자신에게도 좋고 상대방에게도 좋은 거지."

"그런 선택이 가능하나요?"

"그럼. 충분히 가능하지."

"그것을 어떻게 하나요?"

"그것은 지금 자신이 가지고 있는 생각을 바꾸는 거지."

"자신이 생각을 바꾸면 무엇이 달라지나요?"

"자신이 생각을 바꾸면 세상이 달라지지."

"세상이 어떻게 달라지나요?"

"지금까지와는 다른 새로운 세상이 되지. 그래서 지금까지 보지 못한 것을 보게 되지."

"어떤 것을 보게 되나요?"

"세상을 다른 시선으로 바라보게 되지. 그리고 부분이 아니라 전체
를 보게 되지. 그리고 보이지 않은 것을 보게 되지."

"그러면 선택이 달라지나요?"

"그렇지. 지금까지 생각하지 못한 기회를 보고 선택하게 되지."

"그래서 더 나은 선택을 하게 되네요."

"그렇지. 그래서 지혜로운 선택을 하게 되지."

"그러면 어떻게 되나요?"

"그러면 행복하고 성공하게 되지."

"왜 행복하게 되나요?"

"자신이 지금까지 모르던 것을 알게 되어 행복하게 되지."

"예를 들면 어떤 것들이 있나요?"

"자신이 현재 가지고 있는 것들에 대해 감사하게 되지."

"이렇게 감사하는 마음을 가지면 행복하게 되나요?"

"그렇지. 세상을 긍정적인 시선으로 보게 되지."

"그러면 어떻게 되나요?"

"자신이 가진 모든 것에 감사하게 되지. 그리고 행복을 느끼게 되지."

"그러면 왜 성공하게 되나요?"

"이렇게 자신이 가지고 있는 능력을 최대한 발휘하기 때문이지."

"그래서 자신의 문제를 해결하게 되나요?"

"그렇지. 그것을 통해서 많은 성취를 하게 되지."

"그러면 인생에서 가장 중요한 것은 무엇인가요?"

"그것은 자신을 바꾸는 거지."

"어떤 것을 바꾸나요?"

"자신의 생각을 바꾸고 행동을 바꾸는 거지."

"자신의 생각을 어떻게 바꾸나요?"

"지금 자신이 가지고 있는 생각을 바꾸는 거지."

"그러면 지금 가지고 있는 생각과 반대로 하면 되나요?"

"그것도 좋은 생각이지."

"그 이유는 무엇인가요?"

"지금 자신의 현실을 만든 것은 자신이 지금까지 생각한 결과이기 때
문이지."

"그러면 생각을 바꾸면 현실을 바꾸게 되네요."

"그렇지. 생각이 현실을 만들지."

"그러면 자신의 현실을 바꾸는 비결은 자신의 생각을 바꾸는 것이
네요."

"그렇지. 자신의 생각을 바꾸면 세상이 달라지지."

"생각이 이처럼 위대한 힘을 가지고 있나요?"

"그렇지. 생각은 모든 것을 할 수 있는 힘을 가지고 있지."

"그러면 자신의 행동을 어떻게 바꾸나요?"

"지금 자신이 하는 행동을 바꾸는 거지."

"자신의 행동을 바꾸면 어떻게 되나요?"

"지금과 다른 새로운 세상을 살아가지."

"조금 전에 행동이 아니라 생각이 새로운 세상을 만든다고 했는데요."

"그래. 행동은 생각보다 더 강한 힘을 가지고 있지."

"그 이유는 무엇인가요?"

"그것은 행동하지 않으면 이 세상에서 할 수 있는 것은 아무것도 없기 때문이지."

"그러면 생각만으로는 어떤 일도 하지 못하나요?"

"생각은 행동하게 하지. 하지만 생각만으로는 어떤 일을 할 수 없지. 반드시 행동을 해야지."

"그러면 행동을 하려면 어떤 힘이 있어야 하나요?"

"그것은 무의식의 힘이지."

"무의식의 힘은 어떤 것인가요?"

"무의식은 어떤 것이든지 행동하게 하는 아주 강력한 힘이지."

"무의식의 힘은 어떻게 활용하나요?"

"그것은 아주 작게 시작하는 거지."

"예를 들면 어떤 것들이 있나요?"

"운동을 할 때 '팔굽혀펴기 한 번'만 하는 거지."

"한 시간도 아니고 한 번만 해서 운동이 되나요?"

"그렇게 생각하니까 못하는 거지. 그것이 아니라 한 번만 한다고 무의식에 말하는 거지."

"그러면 무의식은 어떻게 말하나요?"

"'한 번 정도는 할 수 있지.'라고 말하지."

"그래서 행동으로 하게 되나요?"

"그렇지. 그런데 운동을 한 번 하면 계속하게 되지."

"왜 그렇게 되나요?"

"한 번 하면 한 번만 하지 않고 10번, 30번 계속하게 되지. 그것을 관성의 법칙이라고 하지."

"그러면 중요한 것은 시작이네요."

"그렇지. 시작하지 못하기 때문에 행동하지 못하는 거지."

"그래서 시작을 작게 해야 쉽게 한다는 거네요."

"그렇지. 그것이 무의식의 힘을 효과적으로 활용하는 방법이지."

"그러면 자신이 하고 싶은 어떤 일도 행동으로 못할 것이 없네요."

"그렇지. 이러한 원리를 알게 되면 자신이 원하는 인생을 살아가지."

"그러면 누구나 원하는 행복하고 성공한 인생을 살아가는 것이네요."

"그렇지. 행복은 선택이지."

"그것은 무슨 뜻인가요?"

"자신의 선택을 바꾸면 행복하게 된다는 거지."

"그러면 현재의 생각을 바꾸면 행복하게 되네요."

"그렇지. 아무것도 하지 않고 생각만 바꾸어도 지금 당장 행복하게 되지."

"예를 들어 줄 수 있나요?"

"그것은 감사하는 거지. 불평하지 않고 감사하는 마음을 가지면 지금 행복하게 되지."

"그러면 성공은 어떻게 해야 하나요?"

"성공은 집중이지."

"그것은 무슨 뜻인가요?"

"성공은 자신이 생각한 것에 집중하는 거지."

"집중하면 어떻게 되나요?"

"자신이 가진 모든 에너지를 집중하면 자신의 잠재 능력을 최대한 발휘하게 되지."

"그러면 어떻게 되나요?"

"그러면 자신이 원하는 현실을 만들게 되지."

"그래서 자신이 원하는 현실을 살아가게 되나요?"

"그렇지. 그래서 부자가 되고 싶은 사람은 부자가 되는 거지."

"그런데 왜 사람들은 현실에서 힘들게 살아가나요?"

"그것은 자신이 스스로 선택하지 않기 때문이지. 그리고 자신이 원하는 것에 집중하지 않기 때문이지."

"그러면 왜 자신이 스스로 선택하지 않나요?"

"그것은 자신이 원하는 것이 없기 때문이지."

"그런데 왜 자신이 원하는 것이 없이 살아가나요?"

"자신이 주인으로 살아가지 못하기 때문이지."

"그러면 어떻게 해야 하나요?"

"그것은 자신이 어떤 상황에서도 주인으로 살아야 하지."

"그러면 어떻게 되나요?"

"자신이 원하는 선택을 하게 되지. 그리고 자신이 원하는 것에 집중하게 되지."

"그래서 자신이 이 세상의 주인이라는 생각으로 살아야 하겠네요."

"그렇지. 그렇지 않으면 인생을 불행하고 실패한 인생을 살아가지."

"그 이유는 무엇인가요?"

"자신이 주인으로 살지 않고 아무 생각 없이 다른 사람이 시키는 대로 살아가기 때문이지."

"그러면 자신의 생각을 바꾸려면 먼저 자신이 주인이라는 생각을 해야 하네요."

"그렇지. 그래서 아무리 힘든 상황에서도 자신이 이 세상의 주인이라는 생각을 해야 하지."

"자신이 이 세상의 주인이라고 생각하면 왜 행복하게 되나요?"

"자신이 이 세상의 주인이라고 생각해 봐라. 기분이 좋아지지 않니?"

"하지만 현실은 너무 힘들고 고통스러운데요."

"그렇지만 자신이 어떤 상황에서도 주인이라는 생각을 가지면 행복하게 되지."

"그러면 이 세상의 주인이라고 생각하면 왜 성공하게 되나요?"

"그것은 주인으로 살아가면 모든 일이 자신의 일이라고 생각해서 해야 할 일을 하기 때문이지."

"그래서 자신이 어떤 상황에서도 자신의 능력을 최대한 발휘하게 되나요?"

"그렇지. 그래서 다른 사람들이 생각하지 못하는 일을 하게 되지."

"그래서 인생을 주인으로 살아가는 것이 중요하네요."

"그래. 그것이 행복하고 성공한 인생을 살아가는 가장 중요한 비결이지."

contents

제 1 장 ─────────────────────

행복은 선택이다

제 2 장

성공은 집중이다

제1장

행복은 선택이다

1 주인이냐, 노예냐

"우리 시대의 가장 위대한 발견은 인간이 자신의 태도를
변화시킴으로써 삶을 변화시킬 수 있다는 것이다."

- 윌리엄 제임스

"주인으로 살아라."

"그 말은 무슨 뜻이죠?"

"자신이 삶의 주인으로 살라는 뜻이지."

"그런데 왜 사람들은 스스로 주인으로 살지 않나요?"

"그것은 자신이 이 세상의 주인이라는 것을 깨닫지 못하기 때문이지."

"그러면 내가 이 세상의 주인이라고 생각하면 무엇이 달라지나요?"

"새로운 세상을 살아가게 되지."

"이렇게 새로운 세상을 살아가기 위해서는 어떻게 해야 하나요?"

"자신이 변하는 거지."

"네가 변하면 세상이 변한다."

- 마하트마 간디

"자신이 세상의 주인이라고 생각하면 어떻게 달라지나요?"

"자신이 행복하게 되지."

"그것은 왜죠?"

"이 세상이 모두 자신의 것이라고 생각해 봐라. 그러면 기분이 어떨
 것 같니?"

"그러면 정말 좋을 것 같아요."

"그래, 실제로 자신이 이 세상의 주인이지."

"자신이 주인으로 살아가면 어떻게 되나요?"

"그러면 아무리 어려운 상황에서도 이 세상에 대해 불평불만을 하
 지 않게 되지."

"그것은 왜죠?"

"이 세상이 자신의 것이기 때문이지. 이 세상이 다른 사람의 것이라
 고 생각하기 때문에 불평불만을 하게 되지."

"그것은 모든 것이 자신의 책임이라고 생각하는 것인가요?"

"그렇지. 그래서 세상을 긍정적으로 바라보게 되지."

"그러면 어떻게 되나요?"

"그러면 자신이 할 일을 찾게 되지."

"그러면 어떻게 되나요?"

"자신에게 주어진 문제를 스스로 해결하게 되지."

"그러면 어떻게 되나요?"

"자신의 잠재 능력을 최대한 발휘하게 되지."

"그것은 왜죠?"

"자신의 세상에서 문제를 해결할 사람은 자신뿐이라고 생각하기 때문이지."

"그러면 어떻게 되나요?"

"자신이 문제를 해결하고자 하는 적극적인 의지를 갖게 되지."

"그래서 먼저 자신이 바뀌어야 하네요."

"그렇지. 자신이 바뀌면 상황이 바뀌게 되지."

"그리고 상황이 바뀌면 인생이 바뀌는 것이네요."

"그래. 이것이 인생에서 성장하는 비결이지."

"내가 바뀌면 상황이 바뀌고 삶이 바뀐다.

이것이 성장 시스템의 핵심이다."

- 보도 섀퍼

"만일 자신이 이 세상의 주인이 아니라고 생각하면 어떻게 되나요?"

"노예로 살아가게 되지."

"그 말은 무슨 뜻인가요?"

"이 세상에서 돈의 노예로 살아가고 운명의 노예로 살아가게 되지."

"그렇게 되면 어떻게 되나요?"

"그러면 늘 이 세상에 불평불만을 하게 되지. 그래서 실패한 인생을 살아가지."

"그래서 자신이 먼저 변해야 하네요."

"그렇지. 자신이 변하면 이 세상도 변하게 되지."

"그러면 세상을 변하게 하는 유일한 방법은 자신이 변하는 것인가요?"

"그렇지. 자신이 생각을 바꾸면 세상도 변하게 되지."

"당신이 변하면 모든 것이 변한다."

- 짐 론

"하지만 현실적으로 자신이 주인으로 살아가는 것이 쉽지 않아요."

"그렇지. 그래서 사람들은 이 세상에서 자신이 주인이라고 생각하지 않지."

"그래서 다른 사람이 시키는 일만 하면서 살아가나요?"

"그렇지. 그리고 살아가면서 많은 스트레스를 받고 살아가지."

"그런데 사람들이 세상을 바꾸지 못하는 이유는 무엇인가요?"

"그것은 자신은 변하지 않고 세상을 바꾸려고 하기 때문이지."

"그러면 이 세상을 바꾸는 비결은 무엇인가요?"

"그것은 자신을 바꾸는 거지."

"모든 사람들은 세상을 바꾸는 것에 대해서만 생각하지
자기 자신을 바꾸는 것에 대해서는 아무도 생각하지 않는다."

- 톨스토이

"그래서 자신이 주인으로 살아가려면 자신이 바뀌어야 하네요."

"그렇지. 그래서 자신이 주인으로 살아가면 새로운 세상을 살아가지."

"주인으로 살아가는 사람은 행복한가요?"

"그렇지. 그리고 노예로 살아가는 사람은 불행하게 되지."

"그런데 자신이 불행하게 살아가기 원하는 사람이 있나요?"

"그래. 모든 사람들이 인생을 행복하게 살아가기 바라지."

"그러면 정말로 인생을 주인으로 살아야 하네요."

"그래. 이 세상을 자신의 것으로 생각하며 살아야지."

"내가 가난하게 태어났다면, 결코 내 탓이 아니다.

하지만 만약 내가 가난하게 세상을 떠난다면, 모두 내 잘못이다."

- 빌 게이츠

사랑이냐, 두려움이냐

"사랑하면 알게 되고, 알게 되면 보이나니, 그때 보이는 것은
전과 같지 않으리라."

- 유한준

"사랑으로 살아라."

"사랑은 무엇인가요?"

"그것은 아끼고 귀하게 여기는 마음이지."

"그러면 우리의 마음은 어떻게 되어 있나요?"

"우리 마음은 두 가지로 되어 있지. 사랑과 두려움이 그것이지."

"사랑과 두려움은 어떻게 되어 있나요?"

"사랑과 두려움의 총합은 일정하지. 그래서 사랑이 크면 두려움이
 작아지지. 그리고 두려움이 크면 사랑은 작아지지."

"사랑이 크면 두려움은 작아진다는 말은 무슨 뜻인가요?"

"마음에 사랑이 크면 어떤 일을 하더라도 두려워하지 않지. 그래서

용기를 가지고 어려움을 헤쳐 나가지."

"두려움이 크면 사랑은 작아진다는 말은 무슨 뜻인가요?"

"두려움을 가지고 살아가면 자신의 에너지가 적어서 어떤 일도 하 지 못하게 되지."

"그러면 두려움을 이겨내기 위해서는 어떻게 해야 하나요?"

"그것은 자신의 장점에 집중하는 거지."

"매 순간 삶에 큰 어려움이 닥쳐올 때는 당신이 가장 잘하는
것을 생각하라. 당신의 장점과 강점에 집중하라. 사람들이
당신에게 박수를 쳐주고 축하해주었던 일들을 떠올려라.
그것들이 당신이 전쟁에서 활용할 탁월한 무기들이다.
걱정과 불안은 당신의 적이 보내온 척후병일 뿐이다.
척후병은 발견되는 대로 제거하면 그뿐이다."

- 보도 섀퍼

"자신의 장점에 집중하면 어떻게 되나요?"

"자신에게 집중하면 자존감을 갖게 되지."

"자존감을 갖게 되면 어떻게 되나요?"

"자신감을 갖게 되지."

"자신감을 갖게 되면 자신을 사랑하게 되나요?"

"그래. 이렇게 자신의 장점에 집중하면 자신을 사랑하게 되지."

"두려움을 가지고 있으면 어떻게 살아가게 되나요?"

"자신이 세상과 분리되어 있다고 생각하지. 그래서 다른 사람들과 갈등하게 되지."

"그러면 사랑으로 살아간다는 것은 무슨 뜻인가요?"

"그것은 자신을 사랑하고 자신이 하는 일을 사랑하는 거지."

"왜 자신이 하는 일을 사랑하면 성공하게 되나요?"

"그것은 자신의 일을 사랑하면 자신의 잠재 능력을 최대한 발휘하기 때문이지."

"자신이 사랑하는 일을 할 때 혹은 자신이 사랑하는 사람을 위해 일할 때 가장 능률적이고 빠른 속도로 성공의 기반을 마련한다. 사랑이라는 요소를 더하면 훌륭한 결과를 얻을 수 있다."

- 나폴레온 힐

"그러면 우리가 사랑으로 살아가야 하는 이유는 무엇인가요?

"그것은 우리가 인생에서 성공하고 행복하게 살아가기 위해서지."

"그러면 우리가 행복하게 살려면 어떻게 해야 하나요?"

"자신의 마음에서 두려움을 없애야 하지."

"마음에서 두려움을 없애는 방법은 무엇인가요?"

"그것은 매사에 감사하는 마음으로 살아가는 거지."

"이렇게 감사하는 마음으로 살아가면 두려움이 없어지나요?"

"그렇지. 부정적인 마음이 긍정적인 마음으로 변하게 되지. 즉 두려움이 사랑으로 바뀌게 되지."

"그래서 감사하는 마음과 긍정적인 마음을 갖는 것이 중요하네요."

"그래. 매사에 감사하는 마음을 가지면 마음에서 두려움이 적어지고 사랑이 커지게 되지."

"두려움을 물리치는 가장 효과적인 방법은 감사하는 것이다."

- 보도 섀퍼

"어떻게 감사하는 마음을 가질 수 있나요?"

"자신이 가지고 있는 아주 작고 사소한 것에 대하여 감사하는 거지."

"예를 들면 어떤 것들이 있나요?"

"자신이 건강한 몸을 가지고 있는 것, 사랑하는 가족이 있는 것, 자신이 지금 살아있는 거지."

"그런데 왜 감사하는 마음을 가지면 긍정적인 생각으로 바뀌나요?"

"그것은 감사하는 마음을 가지면 부정적인 생각이 사라지기 때문이지."

"그러면 부정적인 생각이 사라지게 하는 방법은 무엇인가요?"

"그것은 긍정적인 생각을 하는 거지. 예를 들어 비어 있는 땅에 식물을 심지 않으면 잡초가 무성하게 자라지."

"그래서 땅에서 잡초가 나오지 않게 하려면 식물을 심어야겠네요."

"그렇지. 그래서 마음은 사랑이 가득하면 두려움이 자연스럽게 사라지게 되지."

"이렇게 사랑으로 살아가려면 중요한 것이 무엇인가요?"

"그것은 진실로 자신을 사랑하는 거지."

"자신을 사랑하면 모든 것이 제대로 굴러간다.
무언가를 성취하고 싶다면 진실로 자신을 사랑하라."

- 루실 볼

"우리가 사랑으로 세상을 살아가야 하는 이유는 무엇인가요?"
"그것은 사랑은 무한한 에너지를 가지고 있기 때문이지."
"사랑의 힘으로 살아가면 불가능한 것이 없나요?"
"그렇지. 사랑은 바다와 같이 무한한 에너지를 가지고 있지. 우리가
다른 사람에게 아무리 사랑을 주어도 전혀 부족하지 않지."
"그러면 우리가 신처럼 무한한 능력을 가지고 있나요?"
"그렇지. 이렇게 무한한 사랑을 가지고 살아가면 자신이 신처럼 살
아가게 되지. 그리고 다른 사람을 신처럼 대하게 되지."

"다른 사람을 사랑하는 것은 신의 얼굴을 보는 것이다."

- 빅토르 위고

3

창조냐, 소비냐

"인생은 스스로를 찾는 것이 아니라, 스스로를 창조하는 것이다."

- 메리 맥커시

"창조하며 살아라."

"창조는 어떤 의미가 있나요?"

"창조는 신이 우주 만물을 만든 것을 말하지.

"창조는 신만이 하는 것이 아닌가요?"

"아니지. 창조는 기존에 없던 것을 새로 만들어내는 것을 말하지."

"그러면 어떤 것들을 말하나요?"

"예를 들어 새로운 생각을 하는 것, 새로운 물건을 만드는 것, 그림
 을 그리는 것을 말하지."

"이러한 창조의 비결은 무엇인가요?"

"그것은 단순화하는 거지."

"단순화의 비결은 무엇인가요?"

"그것은 중요하지 않은 것을 버리는 거지."

"그러면 정말 중요한 것만 남고 다른 것들은 사라지게 되네요."

"그래. 예를 들면 우주의 법칙을 설명하는 수학 공식 같은 거지."

"창조성은 그저 남다른 것이 아니다. 복잡한 것을 단순하게 만드는 것, 멋지도록 단순하게 만드는 것이 창조성이다."

- 찰스 밍거스

"그러면 창조하며 살라는 것은 어떤 의미가 있나요?"

"그것은 우리가 하는 모든 행위가 신처럼 위대하다는 거지."

"그러면 우리가 신처럼 되는 건가요?"

"그렇지. 중요한 것은 우리가 신과 같이 위대한 존재라는 사실을 깨닫는 거지."

"우리가 신처럼 위대한 존재라고 생각하면 무엇이 달라지나요?"

"그러면 함부로 행동하지 않게 되지. 그리고 이 세상을 좀 더 좋은 세상을 만들기 위해서 노력하게 되지."

"그러면 자신에 대해 어떻게 생각하느냐 하는 것이 중요하네요."

"그렇지. 자신을 미물과 같은 존재라고 생각하는 사람은 절대로 성공할 수 없지."

"그러면 자아는 어떻게 만들어지나요?"

"자아는 자신이 스스로 만들어 가는 거지."

"그러면 인생은 자아를 만들어 가는 과정이네요."

"그렇지. 자아는 결정되어 있는 것이 아니라 자신이 만들어 가는 거지."

"자아는 발견하는 것이 아니라 창조하는 것이다."

- 토마스 사스

"이렇게 자신이 위대한 존재로 살아가면 어떻게 되나요?"
"그러면 그 사람이 하는 모든 것들이 위대한 창조 행위가 되지."
"그러면 창조는 어떤 과정을 통하여 이루어지나요?"
"창조를 하려면 우주의 무한한 에너지를 활용하지."
"어떻게 우주의 무한한 에너지를 활용하나요?"
"그것은 자신이 간절한 마음으로 살아가는 거지."
"그것은 가슴 뛰는 삶을 말하나요?"
"그렇지. 이렇게 간절한 마음으로 살아가면 무한한 에너지를 가진 우주가 도와주게 되지."
"그래서 자신이 원하는 일을 성취하게 되네요."
"그렇지. 이것이 위대한 사람들이 위대한 일을 성취하게 된 비결이지."

"당신이 가슴 뛰는 삶을 사는 것, 그것이 당신에게 주어진 진리의 길이자 이번 생의 목적이다. 당신이 가슴 뛰는 삶을 살 때 우주는 그 일을 최대한 도와줄 것이다. 이것이 우주의 법칙이다."

- 다릴 앙카

"창조는 어떻게 하나요?"

"그것은 직관을 활용하는 거지."

"그러면 어떻게 직관을 활용하나요?"

"그것은 자신의 무의식을 활용하는 거지."

"어떻게 무의식을 활용하나요?"

"그것은 자신이 하는 일에 열정을 갖는 거지."

"그러면 어떻게 되나요?"

"자신이 뜨거워지게 되지."

"그러면 어떻게 되나요?"

"그러면 자신의 몸이 강한 자석이 되어 우주와 연결되지."

"그것은 무엇을 말하나요?"

"그것은 자신의 무의식이 우주의 무한한 에너지와 연결되는 거지."

"그래서 우주의 무한한 힘을 활용해서 창조하네요."

"그래. 그래서 자신이 내면에 가지고 있는 것이 중요하지."

"우주의 에너지는 자력을 갖고 있기 때문에 당신이 어떤 생각을
갖느냐에 따라 그 생각에 관련된 에너지가 온다.
당신이 어둡고 부정적인 생각을 갖고 있다면 당신에게는
어둡고 부정적인 일만 일어난다.
당신이 긍정적으로, 가슴 뛰는 일을 하고 있다면 우주는 또
그것과 관련된 에너지만 당신에게로 보내 줄 것이다.
우주는 다른 것을 할 수가 없다.

왜냐하면 우주는 에너지의 집합이고, 그 에너지는 자력에 따라
움직이기 때문이다."

- 다릴 앙카

"그러면 자신이 내면에 어떤 것을 가지고 있어야 하나요?"
"그것은 자신이 항상 긍정적이고 강한 에너지를 가지고 있어야 하지."
"그러면 우주로부터 긍정적이고 강한 에너지를 받게 되네요."
"그렇지. 이렇게 우주는 자신이 내면에 가지고 있는 것과 같은 것을
　주지."
"그러면 이렇게 자신이 창조하기 위해서는 먼저 자신이 원하는 것
　을 가지고 있어야 하네요."
"그래. 그리고 자신이 원하는 인생을 살아가는 가장 확실한 방법은
　창조하는 거지."

"미래를 예측하는 최선의 방법은 미래를 창조하는 것이다."

- 알랜 케이

4

열정이냐, 냉정이냐

"성공은 자연 연소의 결과가 아니다.
먼저 자기 자신에게 불을 지펴야 한다."

- 레기 리치

"열정을 가지고 살아라."
"열정은 무엇인가요?"
"무엇인가 자신이 원하는 것을 이루고 싶은 간절한 마음이지."
"왜 간절한 마음을 가져야 하나요?"
"간절한 마음이 없이 이 세상에서 만들어진 것은 없지. 그리고 간절
한 마음을 갖지 않고서는 어떤 일도 할 수 없지."

"열정이 담겨 있지 않은 것은 그 무엇도 성공에 이르지 못한다."

- 맥아더

"열정을 가지고 살아가라는 말은 어떤 뜻인가요?"

"그것은 자신의 몸을 높은 자성을 가진 자석으로 만들라는 거지."

"그 말은 무슨 뜻인가요?"

"그것은 자신의 내면에 강한 힘을 가지라는 거지."

"그 이유는 무엇인가요?"

"그것은 자신의 내면에 강한 에너지가 없이는 생존이 어렵기 때문이지."

"그러면 열정을 가지고 살아가기 위해서는 어떻게 해야 하나요?"

"어떤 일이든지 마음을 다하고 정성을 다하고 온 힘을 다하는 거지."

"열정처럼 전염성이 강한 것은 없다. 열정은 성실함의 정신이고,
진실은 열정 없이는 승리할 수 없다."

- 볼베르

"그렇게 마음을 다하고 정성을 다하고 온 힘을 다하기 위해서는 어떻게 해야 하나요?"

"이 세상이 자신의 것이라고 생각하는 거지."

"그러면 냉정으로 살아가는 이유는 이 세상이 자신의 것이 아니라고 생각하기 때문인가요?"

"그렇지. 이 세상이 자신의 것이 아니라고 생각하면 냉정으로 살아가게 되지."

"그러면 누구나 열정을 가지고 살아가면 성공하게 되나요?"

"그래. 어떤 일이든 열정을 가지고 하게 되면 반드시 성공하지. 성공
  하지 못하는 것은 시간이 더 필요할 뿐이지."

"인간은 무한한 열정을 쏟는 일에는 거의 반드시 성공한다."

- 찰스 슈왑

"그러면 열정을 가지고 살아가기 위해서는 어떻게 해야 하나요?"
"에고를 뛰어넘어야 하지."
"그 말은 어떤 뜻인가요?"
"그것은 자신의 이기심을 버리고 다른 사람을 위해서 살아야 한다
  는 거지."
"그런데 다른 사람을 위해서 살아가는 것이 현실적으로 가능하나요?"
"현실적으로 자신을 위해서 살아가기도 힘들지. 하지만 다른 사람
  을 위해서 살아가는 것이 곧 자신을 위한 것이지."
"그 이유는 무엇인가요?"
"다른 사람에게 도움을 주면 그 사람이 행복하게 되지. 그러면 상대
  방의 행복 바이러스가 다시 자신에게 되돌아오게 되지. 그래서 자
  신이 행복하게 되지."
"그러면 자신의 이익만을 위해서 살아가면 자신에게 손해라는 것이
  네요."
"그렇지. 자신의 이익만을 생각하면 다른 사람과 갈등을 하게 되지.
  그래서 결과적으로 자신도 불행하게 되지."

"그래서 자신이 이 세상을 더 좋은 세상으로 만들어야 한다는 것이
네요."
"그렇지. 그러면 세상은 그 사람을 위해서 반드시 보답하게 되지."

"당신이 받은 대가보다 더 많을 일을 하게 되면 세상은 당신이
일한 것보다 더 많은 것을 당신에게 주고 싶어 한다는 말이
증명되는 날이 올 것이다."

- 나폴레온 힐

"그러면 열정을 가지고 살아가기 위해서 중요한 것은 무엇인가요?"
"그것은 자신이 원하는 것을 가져야 하지."
"그것은 무엇인가요?"
"인생의 목표나 비전을 말하지."
"자신이 원하는 것이 있으면 자연스럽게 열정이 생기나요?"
"그렇지 않지. 중요한 것은 자신이 간절히 원해야 하지. 그러면 우주
가 도와주지."
"그런데 사람들이 '냉정'으로 살아가는 이유는 무엇인가요?"
"그것은 자신이 정말로 원하는 것이 없기 때문이지."
"자신이 정말로 원하는 것은 무엇을 말하나요?"
"그것은 자신이 어떤 고통과 희생을 치르더라도 그 일은 반드시 해
야 한다고 생각하는 거지. 그리고 아무런 보상이 없어도 그 일을 하
는 거지."

"그렇지만 그것이 현실적으로 가능하나요?"
"그래서 극소수 사람만이 성공하지. 아무리 어려운 일이 있어도 포기
　하지 않고 정말 간절히 원해야 하지. 그러면 반드시 성공하게 되지."

"원하는 것을 얻으려면 그냥 원해서는 안 된다.
간절하게 원해야 한다. 통렬하게 원해야 한다.
숨이 막힐 정도로 원해야 한다. 목숨을 걸고 원해야 한다.
그렇지 않으면 삶은 취미의 수준으로 전락한다."

- 보도 섀퍼

"자신이 열정을 가지고 살아가면 행복하나요?"
"그렇지. 어떤 일을 열정을 가지고 하면 그 순간 누구나 행복하게 되
　지. 이것이 우리가 열정을 가지고 살아야 하는 중요한 이유이지."

"가슴 뛰는 일을 하라. 그것이 당신이 이 세상에 온 이유이자
목적이다. 그리고 그런 삶을 사는 것이 실제로 가능하다는 사실을
당신은 깨달을 필요가 있다."

- 다릴 앙카

5

믿음이냐, 의심이냐

"당신이 할 수 있다고 믿든 할 수 없다고 믿든 믿는 대로 될 것이다."

- 헨리 포드

"믿음으로 살아라."

"믿음은 무엇인가요?"

"자신을 믿는 것이지."

"왜 자신을 믿어야 하나요?"

"이 세상에 자신을 믿지 않고 할 수 있는 것은 아무것도 없지. 자신
을 믿는 사람만이 자신이 원하는 것을 할 수 있지."

"자신을 믿으면 어떻게 되나요?"

"자신을 믿으면 자신이 할 수 있다고 생각하지. 그래서 자신이 원하
는 일을 하게 되지."

"자신을 믿어야만 어떤 일을 할 수 있는 것이네요."

"그렇지. 그리고 자신이 바라는 것이 이미 이루어졌다고 믿어야 하

지. 그러면 원하는 것이 현실에서 만들어지지.”

“먼저 자신이 바라는 것을 이미 달성했다고 믿지 않으면 안 된다.
실제로 이루어지는 것은 그 뒤에 이어지는 것이다.
또 여기에 한 가지 방법이 있다. 그 핵심은 무언가 이루고자 한다면
그것이 이미 달성됐다고 믿는 것이다.”

- 찰스 해낼

“왜 자신이 할 수 있다고 믿어야 어떤 일을 하게 되나요?”
“그것은 믿음이 강한 힘을 가지고 있기 때문이지. 어떤 일을 하기 위
해서는 강한 힘이 있어야 하지.”
“그러면 왜 할 수 없다고 믿으면 할 수 없게 되나요?”
“마찬가지로 자신이 할 수 없다고 믿으면 할 수 있는 에너지가 없게
되지. 그래서 일을 할 수 없게 되지.”
“그래서 우리가 살아가는 데 있어서 자신이 할 수 있다고 믿는 것이
정말 중요하네요.”
“그렇지. 이 세상은 할 수 있다고 믿는 사람들에 의해서 움직이고
있지.”
“그러면 왜 우리가 할 수 있다고 믿어야 하나요?”
“그것은 할 수 있다고 믿으면 처음에 없던 능력이 생기기 때문이지.”

"할 수 있다는 믿음을 가지면 처음에는 그런 능력이 없을지라도
결국에는 할 수 있는 능력을 확실히 갖게 된다."

- 간디

"또 우리가 어떤 것을 믿어야 하나요?"
"다른 사람을 믿어야 하지."
"왜 다른 사람을 믿어야 하나요?"
"다른 사람을 믿지 않으면 상대방과 소통할 수 없지. 그래서 어떤 일
　도 할 수 없게 되지."
"왜 다른 사람을 믿지 않으면 아무것도 할 수 없나요?"
"상대방을 믿지 않으면 상대방도 너를 믿지 않기 때문이지. 그리고
　상대방이 너를 믿지 않으면 상대방으로부터 어떤 도움을 받을 수
　없게 되지."
"그래서 다른 사람을 의심하지 않고 믿어야 하네요."
"그렇지. 다른 사람을 의심하고 살아가면 결국 자신이 불행하지."

"성공하는 사람과 실패하는 사람의 차이는 믿음에 있다.
승자에게는 확신이 있고 패자에게는 의심이 있다."

- 보도 섀퍼

"그리고 또 어떤 것을 믿어야 하나요?"
"다른 사람이 너를 믿게 해야 하지."

"다른 사람이 나를 믿게 하려면 어떻게 해야 하죠?"

"그것은 상대방이 원하는 것을 먼저 주는 거지."

"어떻게 상대방이 원하는 것을 주나요?"

"상대방이 원하는 것을 주기 위해서는 먼저 상대방이 어떤 것이 필요한지 알아야 하지."

"상대방이 무엇이 필요한지 알려면 어떻게 해야 하나요?"

"평상시에 상대방에게 관심을 갖고 관찰하는 거지."

"늘 상대방에 대해 관심을 가져야 하겠네요."

"그렇지. 그리고 항상 어떤 일이 있을 때 상대방의 입장에서 생각하는 거지."

"이렇게 상대방의 입장에서 생각을 하면 어떤 점이 좋나요?"

"그러면 상대방을 이해하게 되어 좋은 관계를 갖게 되지."

"그래도 다른 사람이 나를 믿어 주지 않으면 어떻게 해야 하나요?"

"그래도 자신을 믿는 거지."

"그 이유는 무엇인가요?"

"왜냐하면 이 세상에 나를 믿어 줄 수 있는 사람은 오직 자신뿐이기 때문이지."

"남들은 내가 생각하는 걸 믿지 않았다. 모두 너무 의심이 많았다.
본인 스스로 의심하면 최선을 다할 수 없다.
자신을 믿지 못한다면 누가 믿어 주겠는가?
일단 작업에 들어가면 나는 할 수 있다는 자신감이 생긴다.

계획에 착수할 때는 그것을 100% 믿고 나의 혼을 그 작업에
불어넣는다. 그러다가 죽어도 상관은 없다.
그것이 바로 나 자신이다."

- 마이클 잭슨

"또 어떤 것을 믿어야 하나요?"
"이 세상과 우주를 믿어야 하지."
"그 말은 무슨 뜻인가요?"
"그것은 세상을 긍정적으로 바라보라는 거지. 그리고 우주가 자신
  을 도와줄 것이라고 믿는 거지."
"그러면 아무리 어려운 일이 있어도 이겨낼 수 있는 힘을 얻게 되나
  요?"
"그렇지. 이렇게 믿음으로 살아가면 결국에는 자신이 할 수 있다는
  확신을 갖게 되지."
"그것이 어떤 것이든 우리가 믿는 대로 되나요?"
"그렇지. 이 세상은 할 수 있다고 믿는 사람들에 의해서 만들어졌지.
  할 수 없다고 의심을 하는 사람들은 어떤 일도 할 수 없지."

"자신을 믿는 순간, 어떻게 살아야 하는가를 깨닫게 될 것이다."

- 괴테

6

상상이냐, 현실이냐

"네가 상상하는 모든 것이 현실이다. 즉 우리가 상상하는 모든 것이
현실이 된다."

- 피카소

"상상으로 살아라."

"상상은 무엇인가요?"

"머릿속으로 생각하는 거지."

"왜 상상을 해야 하나요?"

"이 세상 모든 만물은 상상을 통해서 만들어졌기 때문이지."

"어떻게 상상을 통해서 만물이 만들어지나요?"

"예를 들어 그림을 생각해 보자. 먼저 머릿속으로 상상하고 상상한
것을 그림으로 그리게 되지."

"그러면 이 세상의 모든 만물이 상상으로부터 만들어졌네요."

"그래. 그래서 자신이 원하는 현실을 만들기 위해서는 먼저 상상을

해야 하지."

"그럼 상상하지 않으면 물건이 만들어지지 않나요?"

"그렇지. 예를 들어 건물을 짓는다고 생각해 보자. 먼저 머릿속으로 상상을 하지. 그리고 상상한 것을 바탕으로 설계도를 그리지. 그리고 설계도에 따라 건물을 짓게 되지."

"그러면 자신이 원하는 것을 상상하면 모든 것이 현실로 만들어지나요?"

"물론이지. 자신이 원하는 것을 상상하고 믿으면 현실로 만들어지지."

"상상하고 믿을 수 있다면 무엇이든 마인드를 이용해 그 꿈을 이룰 수 있다."

- 나폴레온 힐

"그러면 상상은 어떻게 활용하나요?"

"예를 들어 운동선수라고 생각해 보자. 자신이 대회에 출전해서 하는 모든 과정을 처음부터 끝까지 상상하는 거지."

"이렇게 상상하면 어떻게 되나요?"

"자신이 원하는 것을 얻게 되지."

"그런데 왜 사람들은 자신이 바라는 것을 현실에서 이루지 못하나요?"

"그것은 자신이 원하는 것을 상상하지 않고 현실만 보고 살아가기 때문이지."

"그러면 어떻게 상상을 하나요?"

"그것은 자신이 원하는 현실이 이미 이루어졌다고 상상하는 거지."

"구체적으로 어떻게 하나요?"

"자신이 바라는 것이 이미 이루어졌다고 생각하고 행동하는 거지. 예를 들어 부자가 되고 싶다고 해 보자. 그러면 자신이 부자처럼 생각하고 행동하는 거지."

"그러면 실제로 부자가 되나요?"

"그렇지. 부자처럼 생각하고 행동하면 반드시 부자가 되지. 다만 시간이 필요할 뿐이지."

"당신이 할 수 있는 가장 큰 모험은 당신이 꿈꾸는 삶을
사는 것이다."

- 오프라 윈프리

"상상을 하면 어떻게 현실로 만들어 지나요?"

"우리가 바라는 것을 상상하면 무의식이 우주의 무한한 에너지와 연결되지. 그래서 상상한 것이 현실로 만들어지지."

"그것이 정말 가능하나요?"

"그렇지. 이것이 지금까지 기적을 만든 사람들의 비결이지."

"자신이 원하는 것을 현실로 만들기 위해서 필요한 것은 무엇인가요?"

"그것은 간절한 마음을 갖는 거지."

"그러면 자신이 원하는 것을 상상하고 간절한 마음을 가져야 하네요."

"그래. 자신이 원하는 것을 상상하면 현실로 만드는 방법은 자연스

럽게 알게 되지.”

“그것은 방법이나 기술이 중요한 것이 아니라는 거네요.”

“그렇지. 중요한 것은 자신이 원하는 것을 상상하는 거지. 그러면 방법이나 기술은 자연스럽게 알게 되지.”

“만일 당신이 큰 배를 만들고 싶다면 사람들에게 배 만드는 법을 가르치지 말라. 먼저 그들에게 넓고 끝없는 바다에 대한 동경을 심어줘라. 그러면 사람들 스스로 배 만드는 법을 찾아낼 것이다.”

- 생텍쥐베리

“그러면 살아가면서 기술이나 방법은 중요한 것이 아니네요.”

“물론 그것도 중요하지. 하지만 더 중요한 것은 상상을 하며 살아가는 거지.”

“상상을 하면 좋은 점은 무엇인가요?”

“그러면 행복하게 살아가지.”

“그 이유는 무엇이죠?”

“상상을 하면 자신이 원하는 생각으로 가득한 세상을 살아가기 때문이지.”

“그러면 자신이 원하는 생각으로 가득한 세상을 상상하며 살아가면 행복하겠네요.”

“그래. 그리고 자신이 원하는 것을 현실에서 창조하게 되지.”

"마음으로 원하는 것을 생각하고 그것이 마음에 가득하게 할 수
있다면, 그것이 당신의 인생에 나타날 것이다."

- 론다 번

"그러면 상상을 효과적으로 하는 방법은 무엇인가요?"
"그것은 명상하는 거지."
"어떻게 명상을 하나요?"
"먼저 눈을 감고 자신의 호흡에 집중 하지. 그리고 과거에 가장 행복
  했던 순간을 떠올리지. 그 다음에 자신이 원하는 장면을 상상하는
  거지."
"왜 명상을 하면 행복하게 되나요?"
"우리가 원하는 것을 상상하면 우리의 뇌는 자신이 이미 우리가 원
  하는 것이 이루어졌다고 착각하지. 그래서 도파민과 같은 행복 호
  르몬을 생성하게 되지. 따라서 그 순간 바로 행복하게 되지."

"더욱 명확한 사고를 위해서는 정기적으로 사색의 시간을
가져야 한다. 아무런 방해도 없는 조용한 공간에서 상상의 나래를
펼쳐보는 것이다."

- 에디슨

7 본질이냐, 현상이냐

"경영이 무어냐고 묻는 사람들이 많다. 그럴 때마다 나는 '보이지
않는 것을 보는 것'이라고 말한다. 경영이든 일상사든 문제가
생기면 최소한 다섯 번 정도는 '왜?'라는 질문을 던지라고 한다.
그리고 그 원인을 분석한 후 대화로 풀어야 한다고 덧붙인다."

- 이건희

"본질을 보고 살아라."

"본질은 무엇인가요?"

"본질은 마음과 같이 보이지 않는 거지. 물질과 같이 보이는 것은 현
상이지."

"그러면 세상은 보이는 것과 보이지 않는 것으로 되어 있네요."

"그렇지. 사람들은 보이지 않는 마음보다 보이는 물질을 보고 살아
가지."

"그러면 사람들은 왜 본질을 보지 못하나요?"

"왜냐하면 눈으로 볼 수 없기 때문이지."

"사람들이 현상이 중요하다고 생각하는 이유는 무엇인가요?"

"현상이 눈에 보이기 때문이지. 그래서 현상이 중요하다고 생각하지."

"그러면 인생에서 보이지 않는 본질이 더 중요하나요?"

"그렇지. 눈에 보이는 현상보다 눈에 보이지 않는 본질이 더 중요하지."

"왜 그런가요?"

"그것은 본질이 우리가 살아가는 이유이기 때문이지."

"그것은 가치 있는 인생을 살려면 본질을 추구해야 한다는 거네요."

"그렇지. 현상을 추구하는 인생은 살 가치가 없지."

"우리는 각자가 구현하고 있는 본질만을 가치 있는 것으로 여긴다.
그 본질을 구현할 수 없는 삶은 낭비된 삶이다."

- 칼 융

"본질과 현상은 어떤 관계가 있나요?"

"눈에 보이지 않는 본질은 원인이고 눈에 보이는 현상은 결과이지."

"그러면 왜 본질이 원인인가요?"

"그것은 본질에서 현상이 만들어지기 때문이지. 본질은 진공 상태
이고 보이지 않지. 그러나 엄청난 에너지를 가지고 있지. 그래서 물
질을 만들지."

"그러면 왜 현상은 결과인가요?"

"그것은 현상인 물질이 본질인 에너지로부터 만들어졌기 때문이지."

"그러면 에너지 상태의 본질에서 현상으로 물질이 만들어졌네요."

"그렇지. 만물이 만들어지는 과정은 에너지가 눈에 보이지 않는 것을 보이는 것으로 만드는 거지."

"사고는 역동적인 에너지의 능동적이고 생생한 형태이다.
그 에너지는 사고의 대상을 눈에 보이지 않는 세계에서
눈에 보이는 객관적 세계로 끌어낸다.
그것이 만물이 탄생하게 되는 법칙이다."

- 찰스 해낼

"살아가면서 보이지 않는 본질을 보고 살아야 한다는 거죠?"

"자신이 원하는 물질을 창조하기 위해서는 본질에 집중해야 하지."

"본질을 보고 살아가기 위해서는 어떻게 살아가야 하나요?"

"본질은 현상 뒤에 숨어 있지. 그래서 보이지 않지. 지혜롭게 살아가기 위해서는 눈에 보이지 않는 것을 보아야 하지."

"본질에 집중하면 어떻게 되나요?"

"그러면 이제까지 보이지 않던 것들을 볼 수 있는 새로운 눈을 갖게되지."

"눈앞의 현상에 현혹되지 마라. 현상 뒤에는 항상 본질이 있다.
본질에 집중하는 순간 당신은 새로운 눈을 가지게 된다."

- 강창민

"이렇게 본질을 보면 어떻게 되나요?"

"본질을 보게 되면 문제의 실체를 보게 되지. 그래서 문제를 해결할 수 있는 새로운 기회를 찾게 되지. 따라서 문제를 해결할 수 있게 되지."

"본질은 어떤 특징을 가지고 있나요?"

"현상은 있다가 사라지는 구름과 같지. 그러나 본질은 늘 그대로 있는 하늘과 같지."

"또 다른 예를 들어줄 수 있나요?"

"씨앗이 본질이지. 그리고 꽃과 열매는 현상이지. 사람들이 꽃과 열매를 보고 좋아하지만 본래 씨앗에서 온 것들이지."

"씨앗이 본질이라는 말은 어떤 뜻인가요?"

"씨앗은 그 안에 거대한 식물을 담고 있지. 씨앗은 작지만 엄청난 에너지를 가지고 있지. 그래서 나중에 거대한 식물로 자라게 되지."

"그러면 작은 씨앗과 같이 어린아이도 본질인가요?"

"그렇지. 어린아이는 작지만 위대한 존재지. 아이를 위대한 존재로 보아야 하지. 그러면 아이는 위대한 존재로 자라게 되지."

"그러면 만물의 본질은 무엇인가요?"

"만물의 본질은 진동이지."

"그 말은 무슨 뜻인가요?"

"만물은 에너지를 가지고 있지. 그래서 만물은 진동하지. 그리고 주파수를 가지고 있어서 정보를 주고받지."

"만물의 본질은 진동이다."

- 피타고라스

"그러면 본질을 보는 효과적인 방법이 있을까요?"

"그래. 그것은 모든 것을 단순화하는 거지. 그러면 비로소 본질이 드러나지."

"그 말은 현상을 제거하면 본질이 드러난다는 것인가요?"

"그렇지. 본질은 현상에 가려 있기 때문에 보이지 않지. 현상을 제거해야 비로소 본질을 볼 수 있게 되지."

"그러면 본질이 추구하는 것은 무엇인가요?"

"본질은 진리를 추구하지. 진리란 참된 이치를 말하지. 그래서 본질을 본다는 것은 진리를 본다는 뜻이지. 이렇게 진리를 보고 살아가면 지혜롭게 살아가게 되지."

"진실은 사실들보다 중요하다."

- 로이드 라이트

목표냐, 문제냐

"꿈이 왜 중요한지 아세요. 실현 가능성이 떨어지는 정도로 큰
목표이죠. 그게 왜 중요하냐면 그것을 강하게 가지고 있어야,
이후에 만나는 남들도 다 배우고 가지고 있는 도구와 지식과
기술이 그들과는 다른 시선으로 보이기 때문입니다.
그것이 새로운 것을 끊임없이 생산해 내는 사람들이 가지고 있는
아주 큰 목표와 큰 꿈의 아주 거대한 효과입니다."

- 김경일

"목표에 집중해라."
"목표는 무엇인가요?"
"자신이 이루고 싶은 것을 말하지."
"왜 목표가 중요한가요?"
"인생에서 목표가 확고해야 성공하기 때문이지. 인생의 목표가 확
  고하지 않으면 실패하지."

"성공하기 위해서 왜 확고한 목표가 있어야 되나요?"

"확고한 목표를 가진 사람은 어떤 상황에서도 흔들리지 않기 때문이지."

"그러면 목표를 가진 사람들이 성공하지 못하는 이유는 무엇인가요?"

"그것은 목표가 흔들리기 때문이지."

"그러면 목표가 흔들리는 이유는 무엇인가요?"

"그것은 목표에 집중하지 못하기 때문이지."

"그러면 목표에 집중하면 반드시 성공하나요?"

"그렇지. 목표에 집중하면 목표가 더 확고해지기 때문에 반드시 성공하게 되지."

"목표에 대한 신념이 투철하고 이에 상응하는 노력만
쏟아붓는다면 누구라도 무슨 일이든 잘할 수 있다."

- 정주영

"그러면 사람들이 목표에 집중하지 못하는 이유는 무엇인가요?"

"그것은 목표가 아닌 문제에 집중하기 때문이지."

"왜 문제에 집중하면 안 되나요?"

"문제에 집중하면 목표에 집중하지 못하게 되기 때문이지."

"그런데 사람들은 문제에 집중하며 살아가잖아요."

"그래. 그래서 목표에 집중하지 못하고 살아가게 되지."

"그러면 현실에서 문제를 해결하기 위해서는 어떻게 해야 하나요?"

"현실에서 문제를 해결하지 않을 수 없지. 그래도 자신의 목표에 에너지를 집중하는 거지."

"그 말은 문제에 몰입되어서는 안 된다는 거네요."

"그렇지. 그리고 자신의 에너지를 목표에 집중하라는 거지."

"그러면 목표가 아닌 것에 집중하지 않으면 되나요?"

"아니지. 목표에 집중해야지. 목표에 자신의 에너지를 집중하면 자연스럽게 목표가 아닌 것에 집중하지 않게 되지."

"그러면 사람들이 목표에 집중하지 못하는 또 다른 이유는 무엇인가요?"

"그것은 목표가 확고하지 않기 때문이지."

"그러면 목표에 집중하면 행복하게 되나요?

"그렇지. 인생의 진정한 행복은 자신이 원하는 목표에 집중하는 거지."

"유일하고 진정한 행복은 목적을 위해 몰입하는 데서 온다."

- 윌리엄 쿠퍼

"그러면 목표를 확고하게 하는 방법은 무엇인가요?"

"그것은 목표가 자신의 내면으로부터 만들어져야 하지. 외부에서 만들어서는 안 되지."

"그 이유는 무엇인가요?"

"외부로부터 만들어진 목표는 확고하지 못하여 항상 흔들리기 때문이지."

"그러면 자신의 내면으로부터 만들어진 목표는 흔들리지 않고 확고하게 되나요?"

"그렇지. 자신으로부터 나온 것만이 가장 확실하게 믿을 수 있는 거지."

"그러면 목표를 정하고 성공하는 비결은 무엇인가요?"

"그것은 목표에 자신의 모든 에너지를 집중하는 거지."

"그냥 목표를 정하고 그것에 집중하라. 그 외에 대단한 비결이란 이 세상에 존재하지 않는다."

- 리첼 굿리치

"그러면 어떻게 자신의 내면으로부터 목표를 만드나요?"

"그것은 먼저 자신에 대하여 정확히 알아야 하지."

"자신을 안다는 것은 무엇을 말하나요?"

"자신이 정말로 좋아하고 잘하는 것이 무엇인지 알아야 한다는 거지."

"그러면 목표가 자신이 정말로 흥미 있고 관심 있는 것으로부터 만들어져야 하겠네요."

"그래. 자신이 정말로 간절히 원하는 것을 목표로 해야지."

"그러면 자신이 원하는 것에 집중하면 누구나 원하는 것을 얻을 수 있나요?"

"그렇지. 아무리 능력이 부족한 사람이라도 하나의 목표에 자신의 에너지를 집중하면 자신이 원하는 것을 성취하게 되지."

"아무리 약한 사람이라도 단 하나의 목적에 자신의 온 힘을
집중함으로써 무엇인가 성취할 수 있다."

- 토머스 칼라일

"하지만 자신을 아는 것이 쉽지 않아요. 자신을 알아가는 방법은 무
엇인가요?"
"그것은 늘 자신과 대화하는 거지. 혼잣말을 하는 거야. 그리고 항상
어떤 일이 있을 때 자신의 내면을 들여다보는 거지."
"이렇게 혼잣말을 하면 자신에 대해서 알 수 있나요?"
"그렇지. 혼잣말을 하고 자신과 대화하면 자신의 무의식과 소통하
게 되지. 그래서 무의식에서 오는 느낌을 알게 되지."
"그러면 자신이 원하는 것을 목표로 만들고 집중하며 살아야 하네요."

"먼저 우리가 어디에 있는지, 어디로 가고 있는지를 안다면,
무엇을 할지 그것을 어떻게 할지도 더욱 정확히 할 수 있다."

- 아브라함 링컨

9 의식이냐, 에고냐

"생각하는 대로 살지 못하면 사는 대로 생각하게 된다."

- 스콧 니어링

"의식으로 살아라."

"의식은 무엇을 말하나요?"

"생각을 말하지. 생각하며 살아가라는 거지. 그리고 중요한 것은 자
신이 원하는 생각을 하라는 거지."

"의식으로 살아간다는 것은 무슨 뜻인가요?"

"어떤 상황에서도 자신이 스스로 생각한다는 거지."

"만일 생각하지 않으면 어떻게 되나요?"

"자신의 감정에 따라 행동하게 되지."

"감정에 따라 행동하게 되면 어떻게 되나요?"

"상대방과 갈등하게 되지."

"그러면 감정에 따라 살아가지 않으려면 생각하고 살아야 하겠네요."

"그렇지. 생각하지 않고 살아가면 감정에 이끌려 살아가게 되지."

"우리의 인생은 우리의 생각이 만드는 것이다. 지금 당신이 있는
자리에서, 당신에게 있는 것을 가지고, 최선을 다하라."

- 마르쿠스 아우렐리우스

"그러면 의식을 가지고 살아가면 어떻게 되나요?"
"문제 상황에서 자신이 생각하게 되지. 그래서 주어진 문제를 해결
하게 되지."
"예를 들면 어떤 것들이 있나요?"
"갈등 상황에서 상대방에게 화를 내지 않고 자신이 하고 싶은 말을
하는 거지."
"그러면 어떻게 되나요?"
"상대방과 갈등하지 않고 좋은 관계를 갖게 되지."
"이렇게 의식으로 살아가면 다른 사람과 좋은 관계를 갖게 되네요."
"그렇지. 의식으로 살아가면 결국 자신에게도 좋고 상대방에게도
좋게 되지. 그래서 모두가 행복하게 살아가지."
"그러면 의식으로 살아가려면 중요한 것은 무엇인가요?"
"그것은 감정에 이끌려 행동하지 않는 거지. 그리고 어떤 상황에서
도 스스로 생각하고 행동하는 거지."
"문제 상황에서 구체적으로 어떻게 하나요?"
"문제 상황에서 자신이 생각하는 거지. 그리고 판단을 하는 거지. 내

가 감정에 이끌려 행동할 것인지 아니면 내가 스스로 원하는 행동을 할 것인지 판단하는 거지."

"자신이 원하는 생각으로 살아가려면 어떻게 하나요?"

"그것은 자신이 원하는 생각을 마음에 가득하게 하는 거지."

"마음으로 원하는 것을 생각하고 그것이 마음에 가득하게 할 수 있다면, 그것이 당신의 인생에 나타날 것이다."

- 론다 번

"왜 현재의 감정에 이끌려 행동하면 안 되나요?"

"그러면 언젠가 반드시 후회하게 되지. 그리고 자신이 원하지 않는 결과를 가져오게 되지."

"문제 상황에서는 어떻게 생각해야 하나요?"

"앞으로 어떤 것이 자신에게 도움이 될 것인지 생각하고 행동하는 거지."

"그러면 의식으로 살아가는 것은 자신의 현재 감정과 반대로 행동하면 되겠네요."

"그래. 그것도 좋은 방법이지. 그리고 어떤 것이 정말로 자신에게 좋은지 생각하는 거지. 또한 다른 사람에게도 어떤 것이 좋은 것인지 생각하는 거지."

"문제를 해결하기 위해서 어떻게 생각하고 행동해야 하나요?"

"항상 긍정적인 생각을 하고 긍정적인 행동을 하는 거지."

"이렇게 의식으로 살아가기 위해서 중요한 것은 무엇인가요?"

"그것은 주인 의식을 가지고 살아가는 거지."

"그것은 자신이 스스로 생각해서 행동하라는 것이지요."

"그래. 감정에 이끌려서 행동하는 것은 노예로 사는 거지. 주인으로 살아가면 모든 것을 자신이 스스로 판단해서 행동하게 되지."

"그러면 의식을 가지고 살아간다는 것은 어떤 뜻인가요?"

"그것은 항상 의식이 깨어있다는 거지."

"그것은 무엇을 뜻하나요?"

"어떤 상황에서도 자신이 스스로 생각하는 거지."

"그러면 에고로 살아가는 것은 생각하지 않고 행동하는 것이네요."

"그렇지. 그래서 의식으로 살아가지 않고 에고로 살아가면 불행하게 되지."

"그러나 살아가면서 항상 의식이 깨어있다는 것이 가능한가요?"

"그래. 결코 쉬운 일이 아니지. 그래서 때로는 게으르고 나태해지는 경우가 있지. 그리고 자신의 에너지를 모두 사용하면 탈진 상태가 되기도 하지.”

“이렇게 게으르고 나태해지지 않게 살아가려면 어떻게 하나요?”

“항상 자신의 에너지를 관리하는 거지.”

“어떻게 자신의 에너지를 관리하나요?”

“늘 자신의 에너지를 관찰하는 거지. 그리고 자신의 낮은 에너지를
끌어올리는 거지.”

“그러면 우리가 에고가 아니라 의식을 가지고 살아가면 행복하게
되나요?”

“그렇지. 의식을 가지고 살아가면 자신이 원하는 인생을 살아가게
되지.”

“인간에게는 의식적인 노력으로 자신의 삶을 높일 능력이 분명히
있다는 것보다 더 용기를 주는 사실은 없다.”

                                        - 헨리 데이비드 소로

10
직관이냐, 논리냐

"다른 사람의 삶을 사느라 한정된 시간을 낭비하지 마라.
중요한 것은 당신의 마음과 직관을 따르는 용기를 내는 것이다."

- 스티브 잡스

"직관에 따라 살아라."

"직관은 무엇인가요?"

"그것은 갑자기 떠오르는 느낌을 말하지."

"직관은 어떻게 느끼나요?"

"그것은 의식적인 과정 없이 무의식에서 오는 느낌이지."

"그러면 직관은 감정과 다른가요?"

"감정은 순간적으로 떠오르는 에고이지. 예를 들면 화가 난다든가
하는 거지. 하지만 직관은 '유레카'처럼 갑자기 떠오르는 아이디어
를 말하지."

"감정과 직관의 공통점은 무엇인가요?"

"그것들은 모두 무의식에서 순간 떠오르는 느낌이지."

"왜 직관이 중요하나요?"

"직관은 우리가 가장 신뢰할 수 있고 가치 있는 것이기 때문이지."

"가장 유일하게 가치 있는 것은 직관이다.
신이 인간에게 내린 최고의 선물은 상상력과 직관이다."

- 알버트 아인슈타인

"그러면 직관으로 살아가려면 어떻게 해야 하나요?"

"그것은 주어진 문제에 대하여 끊임없이 몰입하는 거지. 그리고 자신의 느낌에 대하여 민감하게 반응하는 거지."

"어떻게 자신의 느낌에 대해 민감하게 반응하나요?"

"자신의 느낌을 재빨리 알아차리는 거지."

"우리가 직관에 따라 살아야 하는 이유는 무엇이죠?"

"직관은 자신의 무의식이 말하는 거지. 그래서 자신이 정말로 원하는 것이기 때문이지."

"직관을 따르는 일은 중요하다. 당신의 마음에 번쩍 떠오르는
직관이야말로 당신이 진정으로 원하는 바로 그것이다."

- 스티브 잡스

"그런데 이렇게 자신의 직관에 따라 살아가는 것은 쉽지 않아요."

"그렇지. 자신의 직관에 따라 살고 싶어도 현실적으로 쉽지 않지. 그
래서 사람들은 직관에 따라 살지 못하지."

"직관에 따라 살지 않으면 어떻게 되나요?"

"그러면 자신이 원하는 인생을 살아가지 못하지. 그리고 다른 사람
들이 원하는 인생을 살아가게 되지."

"자신이 원하는 인생을 살려면 자신의 직관에 따라야 한다는 것인
가요?"

"그래. 직관은 자신의 내면에서 나오는 것이지."

"직관을 믿어야 하는 근거는 무엇인가요?"

"직관은 무의식에서 수많은 정보를 바탕으로 나온 것이지."

"당신의 직관을 믿어도 좋다. 직관은 그냥 생기는 것이 아니라
의식 아래 저장된 수 많은 정보를 바탕으로 나오기 때문이다."

- 조이스 브라더스

"그러면 우리가 직관에 따라 살아가기 위해 필요한 것은 무엇인가요?"

"직관에 따라 살아가기 위해서는 용기가 필요하지. 사람들이 직관
에 따라 살아가지 못하는 이유는 용기가 없기 때문이지."

"그러면 용기를 가진 사람만이 직관에 따라 살아가겠네요."

"그렇지. 직관에 따라 살아가는 것은 결코 쉽지 않지. 그래서 용기를
가진 사람만이 자신의 직관으로 살아가지."

"하지만 현실에서는 직관보다 논리가 중요하지 않나요?"

"물론 사람들은 논리적으로 사고하고 행동하지. 하지만 논리는 한 계를 가지고 있지. 그러한 한계를 뛰어넘는 것이 직관이지."

"그러면 직관은 한계가 없나요?"

"직관은 비논리적이고 예측 불가능하지. 그리고 한계가 없지."

"비논리적이고 예측 불가능한 것이기 때문에 그것을 믿는 것이 쉽 지 않겠네요."

"그래. 그래서 직관에 대해서 알아야 하지."

"우리가 창조적 상상력의 기반이 되는 느낌과 감정과 직관의 사용법을 배워야 하는 것은 절대적인 명령과 같다."

- 로버트 루트번스타인

"그러면 직관을 잘하는 방법은 무엇이나요?"

"그것은 다양한 경험을 하는 거지. 그리고 한 가지 문제에 몰입하는 거지."

"많은 경험과 몰입을 하면 직관을 잘하게 되나요?"

"자신이 직접 몸으로 경험하고 오랫동안 생각했기 때문에 믿게 되지."

"그러면 직관 능력을 기르기 위해서 어떻게 살아가야 하나요?"

"항상 어떤 일이 있을 때 자신의 내면을 들여다보는 거지."

"그러면 명상이 직관을 기르는 좋은 방법이겠네요."

"그래. 명상을 하게 되면 자연스럽게 자신의 직관 능력을 기르게 되지."

"이렇게 직관을 활용해서 성공한 경우가 있나요?"

"그래. 스티브 잡스가 대표적인 경우지. 그는 일정한 시간을 정해 놓고 명상을 실천했지. 그래서 직관 능력을 극대화하여 결국 스마트폰을 발명하게 되었지."

"그런데 사람들이 자신의 직관을 제대로 활용하지 못하는 이유는 무엇인가요?"

"사람들이 직관의 중요성에 대하여 모르기 때문이지."

"앞으로 직관에 대해 알고 잘 활용해야겠네요."

"그래. 직관을 활용하면 자신의 능력을 최대한 발휘하게 되지. 하지만 논리적으로 사고하면 한계를 뛰어넘지 못하게 되지."

"선택의 기로에 섰을 때 기다리고 또 기다려라.

그리고 마음이 당신에게 이야기할 때, 그때 일어나 마음이

이끄는 길로 가라."

- 수산나 타마로

11 느낌이냐, 생각이냐

"느낌을 소중히 하라. 느낌은 신의 목소리다."

- 이건희

"느낌을 가지고 살아라."

"느낌은 무엇인가요?"

"몸이나 마음으로 깨달아 알게 되는 감정이지."

"느낌은 어떻게 만들어지나요?"

"느낌은 생각에서 오지. 생각하면 느낌이 일어나지."

"그러면 느낌과 생각의 차이는 무엇인가요?"

"생각은 어떤 대상을 떠올리는 거지. 느낌은 생각한 대상에 대한 감
   정이지. 생각하면 자연스럽게 느낌이 생기지."

"느낌은 어떤 것들이 있나요?"

"좋은 느낌이 있고 나쁜 느낌이 있지."

"생각과 느낌은 어떻게 연결되나요?"

"좋은 생각은 좋은 느낌을 가져오고, 나쁜 생각은 나쁜 느낌을 가져
오지."

"그러면 어떤 생각을 하느냐에 따라 느낌이 달라지네요."

"그렇지. 그래서 좋은 느낌을 위해서는 좋은 생각을 해야지."

"우리가 살아가면서 느낌이 중요한 이유는 무엇인가요?"

"사람들은 느낌으로 선택하지. 좋은 느낌이 들면 선택하고 나쁜 느
낌이 들면 선택하지 않지."

"그러면 생각과 느낌 중에 어느 것이 더 중요하나요?"

"느낌이 더 중요하지. 왜냐하면 우리가 살아가면서 느낌으로 선택을
하기 때문이지. 그리고 선택에 의해서 인생이 결정되기 때문이지."

"생각보다는 느낌에 의해서 행동하게 되네요."

"그렇지. 느낌은 행동하게 하는 강한 에너지를 가지고 있지."

"의식적이고 이성적인 마음이 믿는 것이 무엇이든 잠재의식은
받아들이고 행동할 것이다."

- 조셉 머피

"우리가 행복하게 살아가기 위해서 느낌에 대해 어떻게 해야 하나요?"

"그것은 좋은 느낌에 집중하는 거지. 그리고 나쁜 느낌에 집중하지
않는 거지."

"좋은 느낌에 집중하기 위해서는 어떻게 해야 하나요?"

"좋은 생각을 하는 거지. 그리고 나쁜 생각을 하지 않는 거지."

"생각과 느낌 중 어느 것이 더 강한 에너지를 가지고 있나요?"

"느낌이 더 강한 에너지를 가지고 있지. 그래서 어떤 일을 하기 위해서는 반드시 느낌의 힘을 활용해야 하지."

"그러면 생각은 어떤 일을 하나요?"

"생각은 느낌에 영향을 주지. 그래서 생각은 느낌이 에너지를 사용할 방향을 안내하지."

"그러면 실제로 일을 하는 것은 느낌이네요."

"그렇지. 느낌은 자신의 에너지를 활용해서 행동하게 하지."

"우리들의 깊은 마음속에는 어떤 강력한 힘이 있다. 그것은 우리의 의식과 별개의 것으로 끝임없이 활동을 계속하여 사고와 감정과 행동의 근원이 되고 있다."

- 칼융

"그러면 살아가면서 느낌은 어떻게 관리해야 하나요?"

"그것은 늘 좋은 느낌을 유지하는 거지."

"그런데 살아가면서 항상 좋은 느낌을 갖는 것이 쉽지는 않아요. 부정적인 느낌이 들 때는 어떻게 해야 하나요?"

"그것은 긍정적인 혼잣말을 반복하는 거지. 예를 들면 '나는 할 수 있다.'라고 말하는 거지."

"그렇게 긍정적인 혼잣말을 하면 효과가 있나요?"

"부정적인 생각이 바로 긍정적인 생각으로 바뀌게 되지."

"왜 그런가요?"

"긍정적인 생각을 하면 자연스럽게 부정적인 생각이 사라지기 때문이지."

"그 이유는 무엇인가요?"

"그것은 생각은 한 길로만 가기 때문이지."

"그 말은 무슨 뜻인가요?"

"한 가지 생각을 하면 다른 생각이 사라진다는 거지."

"그래서 평상시에 긍정적인 혼잣말을 하는 습관을 가져야 하네요."

"그렇지. 그리고 자신이 하는 말을 믿는 것이 중요하지."

"믿어라. 끊임없이 쏟아내는 무의식의 중얼거림을."

- 앙드레 브르통

"긍정적인 느낌과 부정적인 느낌은 어떤 것이 더 강하나요?"

"부정적인 느낌이 더 강한 힘을 가지고 있지. 그래서 사람들은 긍정적인 느낌보다 부정적인 느낌으로 살아가지."

"그러면 긍정적인 느낌을 갖기 위해서는 어떻게 해야 하나요?"

"긍정적이고 적극적인 생각으로 살아가는 거지."

"자신이 원하는 행동을 하기 위해서는 느낌에 집중해야 하네요."

"그렇지. 느낌이 행동하게 하는 유일한 힘이지."

"무의식이 인간 행위의 진정한 장소이다."

- 프로이드

"어떻게 느낌으로 자신이 원하는 인생을 살아갈 수 있나요?"
"자신이 원하는 목표가 이미 이루어졌다고 느끼며 살아가는 거지."
"그러면 어떤 효과가 있나요?"
"그러면 우리의 뇌가 그것이 마치 실제로 이루어졌다고 착각하지.
 그리고 우리의 마음이 그것을 이루기 위해서 움직이게 되지."
"그래서 자신이 원하는 목표가 이루어지겠네요."
"그렇지. 그리고 자신의 목표가 이미 이루어졌다는 느낌으로 살면
 행복하게 되지."

"목표가 있거든 그것이 이미 성취된 것처럼 무의식에 새겨 넣어라.
목표가 이미 이루어졌다고 상상하는 사이, 내면의 마음은 당신이
원하는 마지막 결과를 만드는 작업에 착수할 것이다."

- 앤드류 매튜스

12

질문이냐, 정답이냐

"중요한 것은 결코 질문을 멈추지 않는 것이다."

- 알버트 아인슈타인

"질문으로 살아라."

"질문은 무엇인가요?"

"자신이 모르는 것을 알기 위해서 묻는 거지."

"질문은 어떤 의미가 있나요?"

"그것은 세상을 호기심으로 바라보는 거지."

"그러면 세상이 달라지나요?"

"그렇지. 호기심을 가지고 세상을 바라보면 모든 것이 궁금하게 되지. 그래서 자연스럽게 세상에 대해서 질문하게 되지."

"그러면 질문을 하지 못하는 것은 호기심이 부족하기 때문이네요."

"그렇지. 많은 호기심으로 살아가면 모든 것이 궁금하게 되지. 그래서 자연스럽게 질문하게 되지."

"질문하면 어떤 효과가 있나요?"

"문제를 해결하게 되지."

"어떻게 문제가 해결되나요?"

"질문을 하면 자연스럽게 그 문제에 대해 생각하게 되지. 그래서 문제를 해결하게 되지."

"그러면 우리가 문제를 해결하지 못하는 것은 질문을 하지 않기 때문인가요?"

"그렇지. 질문하는 사람만이 문제를 해결할 수 있지."

"그러면 질문과 정답 중에서 어느 것이 더 중요한가요?"

"질문이지. 왜냐하면 정답은 질문에서 오기 때문이지."

"만약 곧 죽을 상황에 처했고, 목숨을 구할 방법을 단 1시간 안에 찾아야만 한다면, 1시간 중 55분은 올바른 질문을 찾는데 사용할 것이다. 올바른 질문을 찾고 나면 정답을 찾는 데는 5분도 걸리지 않을 것이다."

- 아인슈타인

"그러면 어떤 질문을 해야 하나요?"

"질문에는 여러 가지 수준의 질문들이 있지. 수준이 높은 질문하면 삶의 수준이 달라지지."

"수준이 높은 질문에는 어떤 것들이 있나요?"

"삶의 이상을 추구하는 질문이지. 예를 들면 '어떤 인생을 살아갈 것인가?'와 같은 질문이지."

"그러면 수준이 낮은 질문은 어떤 것인가요?"

"그것은 현실적인 문제를 해결하기 위한 질문이지. 예를 들면 '어떻게 하면 나에게 이익이 될 것인가?'와 같은 질문이지."

"그러면 수준 높은 질문은 현실적인 문제가 아니라 이상적인 문제에 대한 질문이네요."

"그렇지. 이상적인 질문을 하면 자신의 의식이 높아지게 되지. 그래서 이상적인 삶을 살아가게 되지."

"성공한 사람은 더 나은 질문을 하고 그 결과 더 나은 답을 얻는다. 질문은 상상을 초월하는 영향력을 발휘한다."

- 토니 로빈스

"어떻게 질문이 인생을 만드나요?"

"살아가는 동안 문제 상황에서 자신에게 하는 질문이 인생을 결정하지."

"매 순간 선택의 상황에서 자신에게 질문하라는 것이죠?"

"그렇지. 위기 상황에서 자신에게 던진 단 하나의 질문이 자신의 운명을 결정하지."

"단 하나의 질문이 당신의 인생을 바꿔놓을 수도 있다."

- 미하이 칙센트미하이

"그러면 살아가면서 어떻게 질문을 해야 하나요?"

"핵심은 끊임없이 질문하는 거지. 질문을 멈추면 사고가 멈추게 되지. 그러나 질문을 하면 계속해서 생각하게 되지. 그래서 결국 문제를 해결하게 되지."

"그러면 질문을 끊임없이 하는 사람은 자신이 원하는 인생을 살아가나요?"

"그렇지. 자신이 원하는 질문을 하면 그 질문에 대해 생각하게 되지. 그러면 그 전에 보지 못한 새로운 기회를 찾게 되지. 그래서 문제를 해결하게 되지."

"그래서 살아가면서 항상 질문을 잊지 말아야 하네요."

"그래. 이렇게 질문으로 살아가면 언젠가 자신이 원하는 답을 발견하게 되지."

"질문을 잊지 않으면 언젠가 그 답 안에서 살고 있는 자신을 만나게 될 것이다."

- 릴케

"그러나 우리가 바쁘게 살다 보면 질문하는 것이 쉽지 않잖아요?"

"그렇지. 그래서 자신이 의도적으로 질문하는 거지. 그리고 하루 중에 자신이 질문할 수 있는 시간을 갖는 거지."

"그러한 질문을 하는 좋은 방법은 무얼까요?"

"그것은 혼잣말을 하는 거지."

"그러면 질문을 할 때 주의할 점은 무엇인가요?"

"긍정적인 질문을 하는 거지."

"왜 긍정적인 질문을 해야 하나요?"

"긍정적인 질문은 자신을 살리지. 하지만 부정적인 질문은 자신을 죽이기 때문이지."

"좋은 질문을 하는 방법은 무엇인가요?"

"그것은 보이지 않는 것을 질문하는 거지."

"그러면 무엇이 달라지나요?"

"이전에 자신이 미처 생각하지 못한 것들을 생각하게 되지. 그래서 더 나은 인생을 살아가게 되지."

"사람들은 사물을 눈에 보이는 대로만 보며 "왜?"라고 묻는다. 반면에 나는 없는 것을 꿈꾸면서 "왜 안 될까?"라고 묻는다."

- 조지 버나드 쇼

13

몰입이냐, 권태냐

"옥수수를 연구할 때 나는 그것들의 외부에 있지 않았다.
나는 그 안에서 그 체계의 일부로 존재했다. 나는 염색체 내부도
볼 수 있었다. 실제로 모든 것이 그 안에 있었다. 놀랍게도
그것들은 내 친구처럼 느껴졌다. 옥수수를 바라보고 있으면
그것이 나 자신처럼 느껴졌다. 나는 종종 나 자신을 잊어버렸다.
가장 중요한 것은 바로 이것, 내가 나 자신을 잊어버렸다는 것이다."

- 바버라 매클린턱

"몰입으로 살아라."
"몰입은 무엇인가요?"
"그것은 오랜 시간 동안 한 가지에 깊이 빠지는 것을 말하지."
"한 가지에 몰입하면 어떤 효과가 있나요?"
"자신의 능력을 최대한 발휘하게 되지. 그래서 자신이 원하는 것을
 성취하게 되지."

"몰입을 한 것과 그렇지 않은 것의 차이는 무엇인가요?"

"몰입하면 그 대상의 본질을 이해하게 되지. 하지만 몰입하지 않으면 그 대상의 현상만을 이해하게 되지."

"그러면 어떤 대상에 대한 본질을 이해하기 위해서는 몰입해야 하나요?"

"그렇지. 그렇지 않으면 겉으로 드러난 것만을 보고 대상을 제대로 이해하기 어렵지."

"이렇게 대상에 몰입하면 어떻게 되나요?"

"자신을 잊어버리고 대상과 하나가 되지."

"나는 책을 읽을 때 등장 인물에게 완전히 감정이입하곤 했다.
때로는 나 자신을 잊고 그들의 세계 속으로 빠져들 때도 있었다."

- 버지니아 울프

"그러면 몰입하는 구체적인 방법은 무엇인가요?"

"그것은 자신이 몰입할 대상을 한 가지 정하는 거지. 그리고 그 주제에 대해 하루 종일 생각하는 거지."

"우리가 하루를 바쁘게 살아가면서 그것이 가능한가요?"

"그렇지. 쉽지는 않지. 하지만 아침에 일어났을 때, 저녁에 잘 때, 쉬는 시간에, 화장실에 갔을 때 항상 그것을 생각하는 거지."

"그러면 몰입하는 기간은 얼마나 되나요?"

"그것은 몰입할 대상에 따라 다르지. 예를 들어 해결하기 어려운 문제를 가지고 몇 달간, 몇 년간 생각하는 거지."

"이렇게 오랜 시간 동안 몰입하면 어떤 효과가 있나요?"

"그러면 그 문제의 본질에 대하여 깊이 있게 생각하게 되지. 그래서
자신도 모르는 잠재 능력을 발휘하게 되지. 따라서 그 문제를 해결
하게 되지."

"몰입하면 어떻게 잠재 능력을 발휘하게 되나요?"

"그것은 지금까지 보지 못한 것들이 보이게 되지. 그리고 느끼지 못
한 것들을 느끼게 되지."

"매일 정신이 아득할 정도로 많은 시간을 연습에 쏟고 나면 이상한
능력이 생긴다. 다른 선수들에게는 없는 능력이 생긴다. 예를 들면
투수가 공을 던지기 전부터 그 공이 커브냐, 직구냐를 알 수 있게
된다. 그리고 날아오는 공이 수박덩이처럼 크게 보이게 된다."

- 행크 아론

"그래서 위대한 발견을 한 사람들은 몰입을 활용하네요."

"그렇지. 이렇게 위대한 발견은 몰입하지 않으면 절대로 불가능하지."

"그러면 오랜 시간 기다리고 인내할 수 있어야겠네요."

"그렇지. 그래서 사람들이 몰입하는 것이 어렵지."

"그렇지만 어떤 일을 성취하기 위해서는 몰입해야 하는 거지요?"

"그래. 자신이 책을 출판하려면 오랜 시간 그 주제에 대하여 생각하
고 책을 읽고 글을 써야지."

"그러면 이 세상의 모든 창조는 몰입의 결과인가요?"

"그렇지. 작은 발견은 짧은 몰입의 결과이지. 그리고 위대한 발견은 한 사람이 평생 동안 몰입한 결과이지."

"이렇게 몰입하면서 평생을 살아가면 행복할까요?"

"그렇지. 몰입은 인생을 행복하게 살아가게 하는 확실한 방법이지."

"언제나 현재에 집중할 수 있다면 행복할 것이다."

- 파울로 코엘료

"그러면 자신이 불행하다고 느낄 때 어떻게 몰입하나요?"

"몰입을 하면 모든 것들을 생각하지 않게 되지. 몰입하고자 하는 한 가지 대상만 생각하지."

"그렇게 몰입을 하면 불행을 느끼지 못하게 되나요?"

"그렇지. 자신이 원하는 대상에 몰입하면 다른 생각은 자연스럽게 사라지지."

"왜 그런가요?"

"그것은 생각이 한 길로만 가기 때문이지. 한 가지를 생각하면 다른 생각은 사라지지."

"그대가 자신의 불행을 생각하지 않게 되는 가장 좋은 방법은 일에 몰두하는 것이다."

- 베토벤

"그런데 사람들은 왜 몰입을 하지 않고 살아가나요?"

"그것은 사람들이 권태를 느끼며 살아가기 때문이지."

"그러면 사람들이 권태를 느끼지 않으려면 몰입을 하면 되겠네요."

"그렇지. 어떤 대상에 몰입하면 자연스럽게 권태가 사라지게 되지."

"그러면 자신이 원하는 세상을 살아가는 가장 확실한 방법은 몰입
이네요."

"그렇지. 어떤 대상에 몰입하면 창의성을 발휘하게 되지. 그래서 자
신이 원하는 현실을 창조하게 되지. 그리고 그 대상에 몰입하는 동
안 행복하게 살아가지."

"나는 머리가 좋은 것이 아니다. 문제가 있을 때 다른 사람들보다
좀 더 오래 생각할 뿐이다."

- 아인슈타인

14

원인이냐, 결과냐

"사고는 원인이고 상태는 결과이다. 이것이 우주의 법칙이고
인력의 법칙이고 원인과 결과의 법칙이다."

- 찰스 해낼

"원인에 집중해라."

"그 말은 무슨 뜻이죠?"

"그것은 결과에 집중하지 말라는 거지."

"원인은 어떤 뜻인가요?"

"어떤 일이 일어나게 된 일을 말하지."

"그러면 결과는 어떤 뜻인가요?"

"어떤 원인으로 얻어진 상태를 말하지."

"그러면 원인과 결과는 어떤 관계가 있나요?"

"원인이 있어야 결과가 있지. 결과는 원인에서 나온 거지."

"그래서 결과보다는 원인이 더 중요하겠네요."

"그렇지. 결과가 원인으로부터 온 것이기 때문에 원인이 더 중요하지."

"그러면 왜 사람들은 결과에 집중하나요?"

"사람들은 원인보다 결과를 보며 살아가지. 성공한 사람을 보고 부러워하지. 그러나 정작 그 사람이 성공하게 된 원인은 생각하지 않지."

"그러면 그 사람이 어떻게 해서 성공하게 되었는지 그 원인을 보아야 하네요."

"그렇지. 그래야 자신도 그 사람처럼 성공하게 되지. 성공한 결과만 보고 부러워하는 것은 자신에게 아무런 도움이 안 되지."

"사람들은 성공을 거둔 사람을 보면서 그들의 성취에 관심을 갖는다. 하지만 그가 어떤 방법으로 성공을 거뒀는지 그 과정은 생각하지 않는다."

- 나폴레온 힐

"그러면 성공하게 된 원인은 무엇인가요?"

"그것은 생각이지. 생각이 성공의 가장 중요한 원인이지."

"그러면 생각만 하면 저절로 성공하게 되나요?"

"아니지. 어떤 생각을 가지고 살아가느냐 하는 것이 중요하지."

"성공한 사람은 어떤 생각을 하나요?"

"성공한 사람은 항상 긍정적으로 생각하지. 그리고 어떤 일도 할 수 있다고 생각하지. 그래서 많은 일을 성취하지."

"왜 우리가 원인에 집중해야 하나요?"

"원인에 집중하면 결과와 자연스럽게 연결이 되지. 그래서 우리의 몸이 발전기처럼 생산하게 되지. 하지만 결과에 집중하면 아무런 일을 할 수 없게 되지."

"만약 당신이 무한의 마음과 동조하는 생각을 품지 않아 원인과 결과 사이에 회로가 이어져 있지 않다면 발전기와 똑같은 상태가 돼 고립되고 만다."

- 찰스 해낼

"왜 인생에서 원인이 중요한가요?"
"오늘은 어제의 결과이지. 그리고 내일은 오늘의 결과이지. 모든 결과는 원인이 가져온 것이지."
"그래서 원인에 집중하면 자신이 원하는 인생을 살아가겠네요."
"그렇지. 자신이 내일 바라는 결실이 있다면 오늘 씨앗을 뿌려야 하지."
"그것은 오늘 어떤 씨앗을 뿌리느냐에 따라 내일 다른 결실을 얻게 되겠네요."
"그렇지. 예를 들어 오늘 자신이 세상에 화를 뿌리면 내일 자신에게 화가 돌아오지. 그리고 오늘 자신이 세상에 선을 베풀면 내일 자신에게 선이 돌아오지."

"오늘은 어제 생각한 결과이다. 우리의 내일은 오늘 무슨 생각을 하느냐에 달려있다. 실패한 사람의 생각은 생존에, 평범한 사람은 현상 유지에, 성공한 사람은 생각이 발전에 집중되어 있다."

- 존 맥스웰

"그 말은 뿌린 대로 거둔다는 말이네요. 그리고 특별히 원인에 집중해야 하는 이유가 있나요?"

"그래. 원인에 집중하면 행복하게 되지."

"그 이유는 무엇인가요?"

"원인은 많은 가능성을 가지고 있지. 그래서 희망적이지. 그리고 과정을 계속할 수 있는 용기를 갖게 되지."

"그러면 결과에 집중하면 불행하게 되나요?"

"그렇지. 결과는 이미 만들어진 거지. 그래서 변화 가능성이 거의 없지."

"그러면 중요한 것은 원인을 지속하는 힘을 가져야 하겠네요."

"그래. 그것이 원인에 집중해야 하는 이유이지. 원인은 많은 에너지를 가지고 있지. 그리고 모든 것이 가능하지. 그래서 원인에 집중하면 자신이 원하는 현실을 만들게 되지."

"성공은 결론이 아니며, 실패는 치명적인 것이 아니다. 중요한 것은 그 과정을 지속하는 용기다."

- 윈스턴 처칠

"원인과 결과에 대한 과학적인 원리는 무엇인가요?"

"원인은 파동이고 결과는 입자이지. 파동은 많은 에너지를 가지고 있지. 그러나 입자는 에너지가 거의 없는 상태이지."

"그래서 원인은 강한 에너지를 가지고 있네요. 그리고 원인에 집중하면 현실에서 자신이 원하는 결과를 가져오네요."

"그래. 어떤 것을 현실로 창조하기 위해서는 많은 에너지가 필요하지. 따라서 원인에 집중하면 결과는 자연스럽게 얻어지지."

"그래서 우리가 해야 할 일은 무엇이나요?"

"살아가면서 가능한 많은 씨앗을 뿌리는 거지."

"그 이유는 무엇이나요?"

"그래야 씨앗은 싹이 트고 자라서 많은 수확을 하게 되지."

"우리는 절대적 차원으로 생각하고 상태와 한계에 대한 배려를 모두 벗어 던지고 씨앗을 뿌리는 것이다. 그러면 아무런 방해도 받지 않고 내버려둔 씨앗은 이윽고 싹이 트고 결실을 맺을 것이다."

- 찰스 해낼

15
태도냐, 능력이냐

"실력은 기본 엔진이다. 태도는 그 엔진을 돌리는 힘이다.
명심하라. 성공의 팔 할은 태도다."

- 보도 섀퍼

"태도에 집중해라."

"그런데 사람들은 능력을 중요하게 생각하는데요."

"그렇지. 하지만 능력은 한계가 있고 태도는 무한한 가능성이 있지."

"왜 그렇죠?"

"능력이 뛰어난 사람은 자신이 능력이 있다고 생각하기 때문에 배
우고자 하는 의욕이 약하지. 그러나 태도가 좋은 사람은 어떤 상황
에서도 배우고자 하는 강한 욕구를 가지고 있지. 그래서 많은 성장
을 하게 되지."

"그래도 사람들은 능력이 뛰어난 사람을 좋아하잖아요."

"그렇지. 당장은 능력을 가진 사람을 좋아하지. 하지만 시간이 지나

면 태도가 좋은 사람을 좋아하게 되지. 능력은 그 다음 문제지.”

“그러면 이러한 태도는 자신이 선택할 수 있나요?”

“그렇지. 어떤 상황에서도 자신의 태도를 선택할 수 있는 자유를 가지고 있지.”

“한 인간에게서 모든 것을 빼앗아 갈 수는 있지만, 한 가지 자유는 빼앗아 갈 수 없다. 바로 어떠한 상황에 놓이더라도 삶에 대한 태도만큼은 자신이 선택할 수 있는 자유이다.”

- 빅터 프랭클

“그런데 왜 태도가 중요한가요?”

“왜냐하면 태도가 그 사람의 모든 것을 결정하기 때문이지. 태도가 좋으면 성공하고 태도가 나쁘면 실패하지.”

“왜 태도가 좋으면 성공하나요?”

“태도가 좋으면 다른 사람들로부터 신뢰를 받지. 그래서 좋은 기회를 갖게 되어 성공을 하게 되지.”

“왜 태도가 좋으면 다른 사람들로부터 신뢰를 받나요?”

“그것은 태도가 좋으면 다른 사람들이 그 사람을 믿게 되지. 태도가 좋다는 것은 성실하다는 거지. 그리고 그 사람이 진실하기 때문이지.”

“그런데 다른 사람에게 잘 보이기 위해서 태도를 좋게 하는 사람도 있잖아요.”

“그렇지. 그런데 그런 사람들은 금방 드러나게 되지. 진실로 성실한 것은 금방 드러나지. 몇 사람을 잠깐 속일 수는 있지만 모든 사람들을 오랫동안 속이기는 어렵지."

"그래서 어떤 태도로 살아가느냐가 중요하네요."

"그렇지. 우리의 인생은 우리가 어떤 태도를 가지고 살아가느냐에 따라 결정되지."

"삶이란 우리의 인생 앞에 어떤 일이 생기느냐에 따라 결정되는 것이 아니라 우리가 어떤 태도를 취하느냐에 따라 결정되는 것이다."
- 존 호머 밀스

"그러면 좋은 태도를 가지려면 어떻게 해야 하나요?"

"긍정적인 마음을 갖는 거지. 태도가 좋은 사람은 매사에 긍정적이고 적극적인 사람을 말하지."

"왜 긍정적인 마음을 가지면 좋은 태도를 갖게 되나요?"

"긍정적인 마음은 세상 모든 것에 대해서 감사하는 마음을 말하지. 모든 것을 받아들이고 이해하고 모든 것들을 사랑하는 마음을 갖게 되지. 그리고 자신이 다른 사람들과 하나로 연결되어 있다고 생각하지."

"긍정적인 마음은 모든 것을 받아들이고 사랑하기 때문에 좋은 태도를 갖게 되나요?"

"그래. 사랑은 긍정적인 마음이지. 그리고 두려움은 부정적인 마음이지."

"그러면 나쁜 태도는 무엇을 말하나요?"

"나쁜 태도는 부정적인 마음을 바탕에 두고 있지. 그래서 세상이 자신과 분리되어 있다고 생각하지. 그래서 세상의 모든 것들이 내가 싸워야 할 적으로 생각하지. 따라서 자신의 생존을 위해서 자신의 이익만을 추구하지."

"이렇게 인생에 대한 태도가 자신의 운명을 결정하네요."

"그래. 태도가 인생에서 성공과 패배를 좌우하지. 좋은 태도를 가지면 반드시 성공하게 마련이지. 그리고 나쁜 태도는 반드시 실패하지."

"태도가 성공의 수준을 제한한다. 만약 당신의 태도가 부정적이라면 장애물을 위협과 골칫거리로 여길 것이다. 그러나 당신이 긍정적인 태도를 갖고 있다면 장애물 앞에서 흥미나 재미까지 느낄 것이다. 결국 낙관적인 태도를 갖고 있으면 적어도 어느 정도의 성공을 거둘 수 있다."

- 제프리 제임스

"그러면 태도는 인간관계에 어떤 영향을 주나요?"

"좋은 태도는 자신보다 상대방을 먼저 생각하지. 그래서 상대방과 좋은 관계를 형성하지. 하지만 나쁜 태도는 상대방보다 자신을 먼저 생각하지. 그래서 상대방과 갈등하게 되지."

"그러면 이 세상을 바라보는 시선에는 태도가 어떤 영향을 주나요?"

"이 세상의 모든 것은 좋은 것도 아니고 나쁜 것도 아니지. 다만 자신이 좋은 것이라고 생각하고 나쁜 것이라고 생각할 뿐이지. 좋은 태도는 항상 좋은 것만을 보지. 그러나 나쁜 태도는 항상 나쁜 면만을 보지."

"세상에 좋거나 나쁜 것은 없다. 다만 생각이 그렇게 만들 뿐이다."
- 윌리엄 셰익스피어

"우리가 살아가면서 어렵고 힘든 상황이 있게 마련인데 그때 어떤 태도를 가져야 하나요?"
"아무리 불행하고 고통스러운 상황에서도 항상 긍정적인 면을 보아야 하지. 그것이 좋은 태도이지."
"우리가 어떤 상황에서도 좋은 태도를 가진 사람은 행복한가요?"
"그렇지. 어떤 상황에서도 좋은 태도를 가진 사람은 행복하지. 그리고 나쁜 태도를 가진 사람은 불행하지. 그래서 행복과 성공은 자신의 태도가 만든 것이지."

"절대 부정적인 말을 끝내지 마라. 즉시 그것을 뒤집어라.
그러면 당신의 삶에 놀라운 일이 일어날 것이다."
- 조셉 머피

16
순간이냐, 시간이냐

"순간순간 자신에게 열중하라. 그런 자만이 자신이 원하는 인생을
살 수 있다."

- 법정 스님

"순간을 보며 살아라."

"순간은 무슨 뜻인가요?"

"순간은 어떤 일이 일어난 때를 말하지."

"순간을 보며 살라는 것은 무슨 의미인가요?"

"자신이 원하는 순간을 보며 살아가라는 거지."

"예를 들어 말해 줄 수 있나요?"

"자신이 꿈꾸는 순간을 말하지. 시험에 합격하는 순간, 행복한 여행
을 하는 순간과 같이 자신이 바라는 일이 이루어지는 때를 말하지."

"그러면 항상 그 순간을 생각하면서 살아가라는 것인가요?"

"그래. 그리고 그것을 막연히 생각하는 것이 아니라 생생하게 감각

적으로 그 순간을 느끼라는 거지."

"이렇게 우리가 순간을 보며 살아가야 하는 이유는 무엇인가요?"

"순간을 보며 살아가면 그 순간을 사랑하게 되지. 그리고 그 순간으
로부터 많은 에너지를 얻게 되기 때문이지."

*"순간을 사랑하라. 그러면 그 순간의 힘이 모든 한계를 넘어
퍼져가리라."*

- 코리타 켄트

"예를 들어 말해 줄 수 있나요?"

"자신이 원하는 자동차를 구입하는 순간을 생각해 보자. 이 때 자동
차의 색깔, 냄새, 감각, 기분을 생생하게 느끼라는 거지."

"그러면 어떻게 되나요?"

"이렇게 순간을 생생하게 느끼면 자신이 성공한 사람처럼 생각하고
행동하게 되지."

"그러면 이러한 순간은 어떻게 오나요?"

"순간은 자신이 만드는 거지."

"순간을 어떻게 만드나요?"

"자신이 원하는 순간을 상상하는 거지."

"이렇게 순간을 보면 실제로 이루어지나요?"

"그렇지. 이렇게 순간을 보고 살아가면 많은 행운이 오게 되지."

"그런데 실제로 자신이 바라는 일이 일어나지 않을 수도 있잖아요?"

"그렇지. 그러나 중요한 것은 이렇게 순간을 보고 살아가면 행복하게 살아가지."

"행운의 순간은 오직 자신이 만든 순간뿐이다."

- 나폴레온 힐

"이렇게 순간을 느끼면 행복하게 살아가겠네요."

"그리고 자신이 바라는 것을 성취하게 되지."

"그러면 순간을 보고 살아가면 행복하게 되네요. 그리고 결과적으로 성공하겠네요."

"그렇지. 그것이 우리가 순간을 보며 살아가야 할 중요한 이유이지."

"그런데 왜 사람들은 순간을 보지 않고 살아가죠?"

"그것은 사람들이 시간을 보며 살아가기 때문이지."

"시간을 본다는 것은 어떤 의미인가요?"

"그것은 시간을 보면서 해야 할 일만을 하며 살아간다는 거지. 그리고 정작 자신이 원하는 순간을 보지 않고 살아간다는 거지."

"그러면 순간은 어떤 특성이 있나요?"

"지금이 자신에게 오는 유일한 순간이라는 거지. 그리고 이 순간은 절대로 다시 반복되지 않지."

"그래서 이 순간을 느끼고 살아가는 것이 정말 중요하네요."

"그래. 우리가 살아가는 유일한 방법은 이 순간을 살아가는 거지."

"그러면 순간은 어떤 의미가 있나요?"
"순간이 모여서 인생이 되지. 그리고 인생은 한순간이지."
"그러면 순간의 크기는 어떻게 되나요?"
"순간의 크기는 아주 작기도 하고 아주 크기도 하지."
"그 말은 무슨 뜻인가요?"
"우주에는 시간과 공간이 존재하지 않지. 그래서 우주의 관점에서
보면 순간은 작기도 하고 아주 크기도 하지."
"좀 더 자세히 설명해 줄 수 있나요?"
"순간은 시간과 물리적인 공간을 초월하지. 순간은 영적인 거지. 그
래서 아주 작은 것이기도 하고 아주 큰 것이기도 하지. 그리고 그것
은 하나로 연결되어 있지."
"순간은 물리적인 것이 아니라 영적인 것인가요?"
"그렇지. 그래서 물리적인 시간이나 공간을 초월하지."
"그러면 인생이 한순간이 될 수도 있네요?"
"그렇지. 인생은 한순간이지. 그래서 지금 행복하게 살아야 하지."

"그러면 순간을 보며 어떻게 살아가야 하나요?"

"순간을 사랑하는 거지. 그러면 순간이 무한한 힘을 발휘하게 되지."

"그러면 인생의 의미는 순간이네요."

"그렇지. 인생에서 모든 것은 사라지고 순간만이 남게 되지."

"그러면 순간에 최선을 다해서 살아야 하네요."

"그래. 순간을 즐기고 순간에 최선을 다하면 그 순간 자신이 행복하
 게 살아가지."

"그 누구도 살아서 이 세상을 빠져나갈 수 없다. 바로 이 순간이
 살고, 배우고, 보살피고, 나누고, 축하하고, 사랑해야 할 시간이다."

- 레오 버스카글리아

17 5년 후냐, 5분 후냐

"당신의 현재는 알 수 없으나 어느 미래와 연결되어 있다."

- 스티브 잡스

"5년 후를 생각해라."

"5년 후는 무슨 뜻인가요?"

"그것은 현재가 아니라 미래를 생각하라는 거지."

"왜 미래를 생각해야 하나요?"

"우리가 인생을 지혜롭게 살아가기 위해서는 항상 미래를 대비해야 하기 때문이지."

"우리가 미래를 대비하지 않으면 어떤 일이 생기나요?"

"그러면 우리는 항상 다가올 미래에 대해 불안할 수밖에 없지. 현재만을 살아가는 사람은 미래가 없지."

"미래가 아니라 현재에 집중해서 살아가는 것이 더 중요하지 않나요?"

"그렇지. 하지만 현재에 매몰되어 있으면 미래를 전혀 대비할 수 없지."

"현재에만 매몰되면 어떤 문제가 생기나요?"

"미래에 일어나는 문제를 예측할 수 없지. 그리고 어떤 문제가 생기
면 해결하지 못하지. 그래서 자신이 사회에 적응하지 못하고 도태
되게 되지."

"그러면 현재를 살아가면서 항상 미래를 생각해야 하나요?"

"그래야 미래에 생기는 문제를 해결하게 되지. 그래서 자신이 미래
에 잘 적응하게 되지."

"그러면 과거는 생각할 필요가 없나요?"

"그래. 과거는 우리가 할 수 있는 것이 없지. 오직 미래만이 희망이
지. 그래서 미래를 잡아야 하지."

"과거는 흘러갔으니 잊어버려라. 미래에 희망이 담겨 있으니
그것을 잡아라."

- 찰스 스윈돌

"그러면 우리가 살아가는 것은 실제로 현재가 아니라 미래를 살아
가는 거네요."

"그렇지. 현재만 살아가는 사람은 결코 성장하지 못하지."

"그러면 미래를 생각하는 사람은 성공하게 되나요?"

"그렇지. 항상 미래를 생각하는 사람이 성공하지. 그리고 현재에만
매몰되지 않게 되지. 그래서 항상 다른 사람보다 앞서 가게 되지."

"그래서 인생에서 성공하기 위해서는 미래를 보며 살아가야 하겠

네요."

"그래. 미래를 보고 대비하는 사람은 반드시 성공하게 되지. 반면에
현재만 보고 하루하루 살아가는 사람은 절대로 성공할 수 없지."

"그러면 우리가 어떻게 미래를 보고 어떻게 살아가야 하나요?"

"자신의 미래를 상상하고 필요한 일을 하는 거지."

"위대한 사람의 업적은 항상 미래로 통하는 길을 닦는다."

- 존 러스킨

"이렇게 미래를 생각하고 살아가는 사람은 행복하나요?"

"그렇지. 미래에 자신이 성공한 모습을 생각하고 살아가는 사람은
행복하지. 그렇지 않고 미래에 대한 꿈이 없는 사람은 불행하지."

"그러면 매 순간 우리가 선택의 상황에서 현재와 미래 중에서 어떤
선택을 하느냐가 중요하네요."

"그래. 선택의 상황에서 어떤 선택을 하느냐가 인생을 결정하지."

"그러면 선택의 상황에서 현재를 생각하고 선택하면 어떻게 되나요?"

"그러면 나중에 반드시 후회하게 되지."

"그러면 선택의 상황에서 올바른 판단 기준은 무엇인가요?"

"현재 자신의 선택이 미래 자신에게 도움이 되는지 생각해야지."

"그러면 5분 후는 무엇을 뜻하나요?"

"5분 후는 현재를 말하지."

"그러면 5분 후를 생각하지 말고 5년 후를 생각하라는 것은 무슨 뜻

인가요?"

"그것은 선택의 상황에서 현재가 아니라 미래를 생각하라는 거지."

"미래를 생각하라는 것은 무슨 뜻인가요?"

"항상 미래를 꿈꾸며 살라는 거지. 미래는 미래를 꿈꾸는 사람들 것이지."

"미래는 자신의 꿈이 아름답다고 믿는 사람들의 것이다."

- 엘리노어 루즈벨트

"어떻게 미래를 꿈꾸나요?"

"자신이 원하는 미래를 생각하고 자신의 모든 에너지를 집중하는 거지."

"이렇게 자신이 원하는 미래를 생각하고 집중하면 어떻게 되나요?"

"항상 현재를 행복하게 살아가지."

"그러면 왜 우리가 미래를 위해서 현재를 살아야 하나요?"

"그렇지 않으면 자신이 원하지 않는 미래를 살아가기 때문이지."

"항상 지혜롭게 미래를 대비해야 한다는 것이지요?"

"그래. 그것이 불확실한 미래를 살아가는 현명한 방법이지."

"슬기로운 자는 미래를 현재인 양 대비한다."

- 명심보감

"그러면 불확실한 미래를 알 수 있는 가장 좋은 방법은 무엇인가요?"

"그것은 미래를 창조하는 거지."

"자신이 원한다고 미래를 창조하는 것이 쉽지 않잖아요?"

"그렇지. 그렇지만 자신이 원하는 것을 가지고 살아가는 사람은 행복하지. 그리고 아무리 어려운 일이 있어도 자신이 이겨낼 수 있는 힘을 갖게 되지."

"핵심은 매 순간 선택의 상황에서 현재가 아니라 미래를 생각하는 것이네요."

"그래. 그리고 자신이 원하는 미래를 창조하는 거지."

"미래를 예측하는 가장 좋은 방법은 미래를 창조해 내는 것이다."

- 아브라함 링컨

기회냐, 장애물이냐

"고난의 한복판에 기회가 있다."

- 아인슈타인

"위기의 순간에 기회를 보아라."

"그것은 무슨 뜻인가요?"

"위기의 순간에 기회를 찾으라는 거지."

"어떻게 위기의 순간에 기회를 찾을 수 있나요?"

"위기의 순간에 질문하는 거지."

"그러면 어떻게 되나요?"

"위기의 순간에 질문하면 그것을 생각하게 되지. 그래서 어떻게 해
야 할지 방법을 찾게 되지."

"그러면 위기의 순간에 어떻게 질문을 하나요?"

"그 순간에 끊임없이 질문하는 거지."

"그러면 어떻게 되나요?"

"자신이 그 문제에 대해서 몰입하게 되지."

"그렇게 몰입하면 문제가 해결되나요?"

"그래. 어떤 문제에 몰입하면 문제에 대한 답을 찾게 되지. 지금까지 성공한 사람들이 성취한 위대한 업적은 위기 상황에서 기회를 찾은 것이지."

"세상의 중요한 업적 중 대부분은 희망이 보이지 않는 상황에서도 끊임없이 도전한 사람들이 이룬 것이다."

- 데일 카네기

"위기의 순간에 기회를 보기 위해서 필요한 것은 무엇인가요?"

"위기의 순간에도 항상 긍정적인 생각을 하는 거지."

"위기의 순간에 긍정적인 생각을 하면 어떻게 되나요?"

"가능성을 찾게 되지."

"그래서 문제에 대한 해결 방안을 찾게 되겠네요."

"그렇지. 아무리 힘든 순간에도 항상 가능성이 있다는 것을 알아야 하지. 그래야 문제를 해결하게 되지."

"왜 위기의 순간에 긍정적인 생각을 해야 하나요?"

"위기의 순간에 긍정적인 생각을 하면 기회를 찾게 되지. 하지만 부정적인 생각을 하면 변명을 찾게 되지."

"그래서 위기의 순간에 어떤 태도를 갖느냐가 인생을 결정하는 거네요."

"그래. 위기 상황에서 부정적인 사람은 장애물을 찾고 긍정적인 사람은 기회를 찾지."

"비관론자는 모든 기회 속에서 어려움을 찾아내고 낙관론자는 모든 어려움 속에서 기회를 찾아낸다."

- 윈스턴 처칠

"어떤 상황에서도 우리가 기회를 찾을 수 있나요?"
"그렇지. 단지 우리가 준비가 안 되었기 때문이지."
"그러면 항상 그러한 마음의 준비가 되어 있어야 하겠네요."
"그래. 그것이 바로 삶의 태도이지. 그것은 어떤 상황에서도 항상 긍정적인 생각을 하는 거지."
"그러면 이렇게 매사에 긍정적인 태도를 가진 사람은 성공할 수 밖에 없네요."
"그래. 긍정적으로 생각한 것을 믿으면 반드시 기회를 찾게 되지."
"그리고 매사에 부정적인 태도를 가진 사람은 실패하게 되나요?"
"그렇지. 부정적으로 생각하면 장애물만 보게 되지. 그래서 기회를 보지 못하게 되지."

"잘될 거라고 믿으면, 기회가 보일 것이다. 잘 안될거라고 믿으면, 장애물을 보게 될 것이다."

- 웨인 다이어

"위기의 순간에 기회를 보려면 어떤 것이 필요한가요?"

"자신에 대한 믿음이지. 위기의 순간에 잘될 거라는 믿음을 가진 사람은 기회를 찾지. 그러나 잘될 거라는 믿음이 없는 사람은 기회를 찾지 못하게 되지."

"우리가 위기의 순간에 기회를 찾아야 할 중요한 이유가 있나요?"

"'난세에 영웅이 난다.'라고 말하지. 위기의 순간에 자신의 잠재 능력을 발휘할 좋은 기회가 오기 때문이지."

"그래서 성공한 사람은 위기의 순간에 자신의 능력을 발휘하는 사람이네요."

"그렇지. 이것이 우리가 적극적인 마인드를 가지고 살아가야 하는 이유이지."

"이렇게 위기의 순간에 기회를 발견하기 위해서는 무엇을 알아야 하나요?"

"우주의 원리를 깨닫는 거지."

"그러면 어떤 점이 달라지나요?"

"그러면 새로운 시선으로 세상을 바라보게 되지. 그래서 지금까지 보지 못한 새로운 기회를 보게 되지."

"우주의 원리가 작용하고 있다는 것을 깨닫는다면 우리 앞에는 무한한 가능성이 펼쳐져 전혀 새로운 시선으로 주변 환경을 바라보게 된다."

- 찰스 해낼

"그러면 위기의 순간에 어떻게 기회를 찾을 수 있나요?"

"새로운 시선으로 세상을 바라보는 거지."

"정말로 1%의 가능성도 없다고 생각되는 상황에서도 기회를 찾을
 수 있나요?"

"그렇지. 그것은 온전히 자신의 태도에 달려있지."

"그러면 그 근거는 무엇인가요?"

"우주는 무한한 에너지를 가지고 있지. 그래서 무궁무진한 기회가
 있지. 다만 우리가 깨닫지 못할 뿐이지."

"그런데 사람들이 기회를 찾지 못하는 이유는 무엇인가요?"

"그것은 위기의 상황에서 장애물만 보기 때문이지."

"그래서 우리가 장애물이 아니라 기회를 보고 살아가야 하네요."

"내일은 내일의 태양이 뜬다."

- 마가렛 미첼

19 고통이 친구냐, 적이냐

"고지대에서 200~300년이 넘는 세월에 걸쳐 천천히 자란
가문비나무는 저지대에서 급속하게 성장한 가문비나무와
비교할 수 없다. 수목한계선 바로 아래 척박한 땅과 기후는
가문비나무의 생존에는 고난이지만 울림에는 축복이 된다.
메마른 땅이라는 '위기'를 통해 나무들이 아주 단단해지기 때문이다.
이런 목재에게 '울림'이라는 소명이 주어진다."

- 마틴 슐레스케

"고통을 친구라고 생각해라."
"고통을 어떻게 친구라고 생각하나요?"
"그 말은 고통을 가깝게 하라는 거지."
"고통을 가깝게 생각하면 어떤 점이 달라지나요?"
"고통을 자연스러운 것으로 받아들이게 되지."
"그러면 어떻게 되나요?"

"자신이 원하는 일을 하기 위해서는 고통을 견뎌야 하지. 힘든 고통을 견디고 자신이 원하는 것을 성취하게 되지."

"그러면 고통을 회피하면 자신이 원하는 것을 성취할 수 없나요?"

"그렇지. 이 세상에 고통 없이 그냥 얻어지는 것은 아무것도 없지."

"모든 일을 성취하기 위해서는 고통을 견뎌야 하나요?"

"그래. 그래서 고통을 견딘 사람만이 자신이 원하는 것을 성취하게 되지."

"그래서 위대한 업적을 성취한 사람은 고통을 이겨낸 사람이네요."

"그렇지. 성공한 사람들의 공통점은 자기 통제력을 가지고 있다는 거지."

"하늘이 어떤 사람에게 큰일을 맡기려고 할 때는 반드시 먼저 마음을 괴롭힌다."

- 맹자

"그러면 고통을 친구로 생각하면 어떤 도움이 되나요?"

"그 순간 고통이 덜 힘들게 되지. 그렇지 않고 고통을 거부하면 그 순간 더 큰 고통을 느끼게 되지."

"그런데 고통을 좋아하는 사람이 없잖아요?"

"그래. 그래서 고통을 회피하기 때문에 자신이 원하는 것을 성취하지 못하게 되지."

"그러면 성공한 사람은 고통을 어떻게 받아들이나요?"

"성공한 사람은 고통을 자연스럽게 받아들이지. 그래서 아무리 힘
든 고통도 견디게 되지. 따라서 자신이 원하는 것을 성취하지."
"고통을 견디는 좋은 방법은 무엇인가요?"
"그것은 자신이 현재 가지고 있는 것들에 대해 감사하는 거지."
"왜 감사하는 마음을 가지면 고통을 잘 견디게 되나요?"
"감사하는 마음을 가지면 마음이 편안하게 되지. 그리고 긍정적인
에너지를 갖게 되지. 그래서 고통을 잘 견디게 되지."

"괴로운 일에 부딪혔을 때 우선 감사할 가치가 있는 것을 찾아서
그것에 충분히 감사하라. 그러면 마음에 평온함이 찾아오고
기분이 가라앉으며 어려운 일도 견디기 쉽다."

- 쇼펜하우어

"그러면 부정적인 생각을 하면 고통을 견디지 못하나요?"
"그렇지. 부정적인 에너지를 갖게 되면 자신의 감정이 불안하게 되
지. 그래서 결국 고통을 견디지 못하고 쉽게 포기하게 되지."
"성공의 비결은 고통을 견딜 수 있는 힘을 기르는 것이네요."
"그래. 성공을 위해서는 고통을 이겨낼 수 있는 강한 힘이 있어야
하지."
"그러면 강한 에너지는 어떻게 기를 수 있나요?"
"그것은 고통을 피하는 것이 아니라 즐기는 것이지."
"고통을 즐기면 강한 에너지를 갖게 되나요?"

"그래. 반복해서 고통을 견디면 이전보다 더 강한 에너지를 갖게 되지."

"그러면 고통의 순간에 어떤 생각을 하면 고통을 더 잘 견딜 수 있
　나요?"

"하늘에 지나가는 구름을 생각하는 거지. 구름은 흘러가지. 그래서
　고통은 순간이고 지나간다고 생각하는 거지."

"고통은 잠시만 머무르고 지나간다고 생각하면 위로가 되네요."

"그래. 고통은 잠깐 머무르지. 하지만 포기는 영원히 남게 되지."

"용기를 내라. 고통은 아주 잠시 동안만 정점에 머무른다."

- 아리스토탈레스

"그러면 인생에서 고통은 어떤 의미가 있나요?"

"인생 자체가 고통이지."

"그 말은 무슨 뜻이죠?"

"한 사람에 대한 인생의 가치는 그 사람이 일생 동안 얼마나 고통을
　잘 이겨냈는지에 달려있지."

"그것은 고통을 회피하지 말고 적극적으로 수용하라는 것이네요."

"그래. 고통을 이겨내는 것이 인생이지."

"그러면 고통이 자신의 가치를 높이는 귀한 친구이네요."

"그래. 고통은 회피의 대상이 아니라 경험의 대상이지."

"어느 정도 깊이 괴로워 하느냐 하는 것이 거의 인간의 위치를
결정한다."

- 니체

"그러면 살아가면서 고통을 어떻게 생각해야 할까요?"
"자신에게 오는 작은 고통을 친구처럼 즐거운 마음으로 맞이하는
거지."
"그 이유는 무엇이나요?"
"그것은 살아가면서 자신이 원하는 것을 성취하기 위해서는 고통을
견뎌야 하기 때문이지."

"피할 수 없으면 즐겨라."

- 로버트 엘리엇

20 선택이냐, 주어진 대로냐

"지금 당신이 어떤 상황이든 이것 하나만은 기억하라.
당신에게는 선택할 수 있다는 것을."

- 디팍 초프라

"스스로 선택하며 살아라."
"선택은 어떤 의미가 있나요?"
"선택은 자신이 원하는 것을 하는 거지."
"자신이 원하는 것을 선택하면 어떻게 되나요?"
"결과에 대하여 자신이 책임을 지게 되지."
"그것은 어떤 뜻인가요?"
"자신이 그 결과를 받아들이는 거지."
"그것은 무슨 뜻인가요?"
"그것은 모든 것이 자신이 한 일이라고 생각하는 거지."
"그러면 무엇이 달라지나요?"

"자신이 주인으로 살아가게 되지."

"그러면 어떻게 되나요?"

"매 순간 자신이 선택하며 주인으로 살아가게 되지."

"그래서 매 순간 주인이 되어 선택하며 살아야 하네요."

"그래. 현재의 모든 것은 자신이 지금까지 선택한 결과이지."

"지금까지 당신이 만들어 온 의식적, 무의식적 선택으로 인해
지금의 당신이 있는 것이다."

- 바바라 홀

"선택은 어떤 의미가 있나요?"

"선택이 인생을 결정하지."

"어떻게 선택이 인생을 결정하나요?"

"매 순간의 선택이 모여서 인생이 되지. 그래서 선택이 중요하지. 어
떤 선택을 하느냐가 어떤 인생을 살아가는지 결정하지."

"한순간의 선택은 인생에서 어떤 의미가 있나요?"

"한순간의 선택이 한 사람의 일생만큼 의미가 있지."

"한순간의 선택은 때로 평생의 경험과 맞먹을 만큼의 가치가 있다."

- 올리버 웬델 홈즈

"그러면 선택할 때 중요한 것은 무엇인가요?"

"선택할 때는 기준이 있어야지. 모든 선택은 기준에 의해서 이루어
 지지."

"그러면 선택의 기준은 어떤 것인가요?"

"그것은 진리를 추구하는 거지."

"그 말은 무슨 뜻인가요?"

"자신이 인생에서 추구해야 할 이치나 도리에 맞게 선택하는 거지."

"그러면 때로는 자신에게 손해가 되는 선택을 해야 할 때가 있겠네요."

"그렇지. 지금 당장 손해가 된다고 생각하지. 그러나 나중에 보면 결
 국에 자신에게 도움이 되지."

"그러면 선택할 때는 어떻게 해야 하나요?"

"지금 당장 자신의 이익만을 생각해서는 안 되지."

"그러면 무엇을 생각해야 하나요?"

"나중에 자신에게 어떤 도움이 되는지 생각해야 하지."

"그러면 가장 좋은 선택은 무엇이나요?"

"그것은 옳은 것을 선택하는 거지."

"그것은 무엇을 말하나요?"

"모든 사람들에게 좋은 선택을 하는 거지."

"그러면 최악의 선택은 무엇이나요?"

"아무것도 선택하지 않고 주어진 대로 사는 거지."

"가장 좋은 선택은 옳은 것을 선택하는 것이고 그 다음은
잘못된 일을 선택하는 것이다.

가장 안 좋은 선택은 아무것도 선택하지 않는 것이다."

- 루즈벨트

"또 선택에서 중요한 것은 무엇인가요?"

"어떤 상황에서도 자신이 선택을 할 수 있다는 것을 알아야 하지."

"정말로 힘들고 어려운 상황에서도 선택을 할 수 있나요?"

"그렇지. 죽을 것 같은 상황에서도 자신이 원하는 선택을 할 수 있지. 아니 그런 상황일수록 자신이 원하는 선택을 해야 하지."

"왜 그렇죠?"

"그렇지 않으면 어떤 선택도 할 수 없기 때문이지. 지금이 선택을 할 수 있는 유일한 기회이기 때문이지."

"그래서 매 순간 어떤 선택을 하느냐가 인생을 결정하네요."

"그래. 순간의 선택이 모아지면 인생이 되지."

"그러면 선택이 삶의 질에 어떤 영향을 주나요?"

"그것은 매 순간 선택에 달려 있지. 매 순간 최선의 선택을 하면 삶의 질이 달라지지."

"순간의 선택이 모여 인생이 된다. 선택의 순간들을 모아두면 그게 삶이고 인생이다. 매 순간 어떤 선택을 하느냐, 그것이 바로 삶의 질을 결정 짓는다."

- 미생

"그러면 선택할 수 있는 것은 엄청난 행운이네요."

"그렇지. 선택은 신이 인간에게 준 가장 큰 축복이지."

"그런데 사람들은 자신이 원하는 선택을 하지 않고 주어진 대로 살아가잖아요."

"그래서 사람들은 평범하게 살아가지. 매 순간 자신이 원하는 선택을 하는 사람은 반드시 성공하지."

"그러면 인생의 실체는 무엇인가요?"

"인생은 실체가 없고 선택이 유일한 실체이지."

"우리가 선택하지만 결국 선택이 우리를 만드네요."

"그래. 우리의 인생은 선택 그 이상도 이하도 아니지."

"우리의 삶은 선택에 의해서 형성된다. 먼저 우리는 선택을 한다.
그러면 우리의 선택이 우리를 만든다."

- 안네 프랑크

21 호기심이냐, 무관심이냐

"끊임없이 호기심을 가지고, 끊임없이 질문하라. 그러면 새로운 세상을 볼 수 있는 눈이 생길 것이다."

- 스티븐 스필버그

"호기심으로 살아라."

"그 말은 무슨 뜻인가요?"

"호기심이란 새로운 것을 좋아하는 거지. 그리고 모르는 것을 알고 싶어하는 거지."

"왜 호기심으로 살아가야 하나요?"

"세상은 늘 변하고 있지. 그래서 자신이 항상 새롭게 변하지 않으면 생존할 수 없기 때문이지."

"그러면 이렇게 호기심으로 살아가면 새롭게 변하게 되나요?"

"그래. 호기심을 가지면 자연스럽게 새로운 시도를 하게 되지. 그러한 과정에서 자신이 새롭게 변하게 되지. 그래서 새로운 길을 찾게 되지.”

“우리는 계속 앞으로 나아가며 새로운 문을 열고 새로운 것을 시도한다. 우리는 호기심이 있는 동물이고, 호기심이 우리를 새로운 길로 끊임없이 인도하기 때문이다.”

- 월트 디즈니

“그러면 사람들이 변하지 않는 것은 호기심이 부족하기 때문인가요?”

“그래. 호기심이 많은 사람은 새로운 시도를 하지. 그래서 많은 성장을 하지. 그런데 호기심이 적은 사람은 새로운 시도를 하지 않기 때문에 성장하기 어렵지.”

“그러면 호기심은 항상 좋은 점만 있나요?”

“그렇지는 않지. 호기심이 많은 사람은 새로운 도전을 하지. 그 과정에서 실패와 좌절을 경험하게 되지.”

“살아가면서 실패와 좌절을 경험하면 너무 힘들지 않나요?”

“그렇지. 하지만 성공을 바란다면 그 과정을 반드시 거쳐야 하지.”

“이렇게 호기심이 아니라 무관심으로 살아가면 어떻게 되나요?”

“무관심으로 살아가면 자신이 원하는 것을 성취하지 못하게 되지. 그리고 인생을 살아가는 의미가 없지.”

“하지만 호기심을 가지고 살아가면 자신이 원하는 것을 성취하면서 행복하게 살아가네요.”

"그렇지. 그래서 어떤 상황에서도 선택하면 인생이 달라지지."

"지적인 호기심에 휩싸인 사람은 아마존을 탐험하는 것 같지만,
지적 호기심이 사라진 사람의 여행은 삭막한 사하라 사막을
걷는 것과 같다."

- 고영성

"그러면 무관심으로 살아가지 않고 호기심을 유지하기 위해서는 어
떻게 해야 하나요?"

"그것은 늘 질문으로 살아가는 거지."

"질문을 하면 호기심이 생기나요?"

"그렇지. 질문을 하면 자연스럽게 그것에 대해서 알고 싶은 마음이
생기지. 이것이 호기심이지."

"그러면 살아가면서 항상 '왜?'라는 질문을 하라는 거네요."

"그래. '왜?'라는 질문을 하고 그 대상에 몰입하는 거지."

"그러면 호기심은 본래부터 우리가 가지고 있는 것인가요?"

"그렇지. 우리는 누구나 본래부터 강한 호기심을 가지고 있지. 아이
들이 질문을 많이 하는 것은 호기심이 많기 때문이지."

"그러면 마음속에 어린아이와 같은 호기심을 가지고 살아야 하겠
네요."

"그렇지. '왜'라고 질문하는 호기심은 위대한 업적을 이루게 하지."

"가장 위대한 업적은 '왜'라는 아이 같은 호기심에서 탄생한다.
마음속 어린아이를 포기하지 말라."

- 스티븐 스필버그

"호기심은 어떻게 활용하나요?"
"그것은 상대방을 설득할 때 호기심을 활용하지."
"호기심을 활용하여 어떻게 상대방을 설득하나요?"
"예를 들어 "공부를 열심히 해라."라고 말하고 싶으면 "공부를 절대
  로 하지 마라."라고 말하는 거지."
"하고 싶은 말과 반대로 말하면 상대방이 궁금해 하네요."
"그렇지. 이렇게 호기심을 활용하면 상대방을 억압하지 않고 효과
  적으로 설득할 수 있지."
"그런데 왜 우리가 호기심을 가지고 살아야 하나요?"
"인생에서 자신이 원하는 성취를 하기 위해서지."
"왜 호기심이 많으면 성취하게 되나요?"
"그것은 호기심이 많은 사람이 창의성을 발휘하기 때문이지. 그래
  서 사람들이 어려워하는 문제를 해결하지."
"결국 호기심이 위대한 일을 성취한 사람들의 성공 비결이네요."

"온갖 삶에 대한 호기심이 위대한 창의적인 사람들의 비밀이다."

- 레오 버넷

"그렇지. 호기심이 강한 사람은 대상에 강한 몰입을 하지. 그래서 자신도 생각하지 못한 능력을 발휘하게 되지."

"우리가 호기심을 가지고 살아야 할 중요한 이유는 무엇인가요?"

"그것은 호기심을 가지고 살아가는 사람은 행복하기 때문이지. 하지만 무관심으로 살아가는 사람은 불행하게 살아가지."

"그 이유는 무엇인가요?"

"그것은 호기심을 가지고 살아가면 즐겁게 살아가기 때문이지. 그리고 결과적으로 많은 성취를 하게 되지. 하지만 무관심으로 살아가면 기쁨을 느끼지 못하지. 그리고 결과적으로 자신이 원하는 것을 성취하지 못하게 되지."

"그러면 살아가면서 늘 질문을 멈추지 말아야 하네요."

"그래. 늘 호기심을 가지고 질문하는 것만으로도 많은 성장을 하고 있는 자신을 발견하게 되지."

"중요한 것은 결코 질문을 멈추지 않는 것이다. 호기심은 그것 자체만으로도 존재에 대한 이유를 가지고 있다."

- 아인슈타인

22

내면의 힘이냐, 외부의 힘이냐

"그 어떤 힘들고 괴로운 상황에 처했더라도 당신의 내면 깊은 곳에는 그것들을 극복할 수 있는 그 무언가가 반드시 있음을 명심해라."

- 애러너 스튜어트

"내면의 힘으로 살아라."

"내면의 힘은 무엇인가요?"

"끈기와 인내와 같이 자신이 가지고 있는 정신적인 힘을 말하지."

"좀 더 자세히 설명해 줄 수 있나요?"

"모든 것이 자신으로부터 나온 것이라고 믿는 거지."

"그러면 모든 것이 외부의 힘이 아니라 내면의 힘으로 만들어졌네요."

"그래. 외부 세계는 내면 세계가 비춘 거울이지. 그래서 모든 것은 내면 세계에서 온 것이지."

"예를 들어 설명해 줄 수 있나요?"

"우리가 영화를 보면 영사기에서 스크린에 영상을 보여주지. 이때

영사기는 내면 세계이고 스크린은 외부 세계이지."

"당신의 외부 세계는 내면 세계의 반영이다."

– 찰스 해낼

"그러면 내면의 힘과 외부의 힘은 어떻게 다른가요?"

"내면의 힘은 본질이고 외부의 힘은 현상이지. 외부의 힘은 언제든 시간이 지나면 사라지지. 하지만 내면의 힘은 항상 그대로 변함없이 존재하지."

"그래서 외부의 힘을 믿지 말고 내면의 힘을 길러야 한다는 것이네요."

"그렇지. 모든 것은 내면의 힘이 만든 거지. 외부의 힘은 잠시 영향을 줄 뿐이지."

"그러면 내면의 힘을 기르기 위해서는 어떻게 해야 하나요?"

"그것은 자신에게 집중하는 거지."

"그 말은 무엇을 뜻하나요?"

"다른 사람과 비교하지 않고 오직 자신에게 집중하는 거지."

"자신에게 집중하는 방법은 무엇인가요?"

"명상이지. 명상을 하면 온전히 자신에게 집중하게 되지. 그리고 자신의 에너지를 끌어올리게 되지. 그래서 어떤 일을 할 수 있는 힘을 갖게 되지."

"왜 어떤 일을 성취하기 위해서 내면의 힘이 필요하나요?"

"어떤 일을 하려면 힘이 필요하지. 그런데 이러한 힘은 자신으로부터 나온 것이지. 이것이 바로 내면의 힘이지."

"내면의 힘은 어떤 것들을 말하나요?"

"그것은 지혜, 강인함, 용기와 같은 것들이지. 그리고 반대로 결핍,
  제한, 역경 등을 말하지."

"지혜, 강인함, 용기처럼 조화를 이룬 상태는 힘의 결과이다.
모든 힘이 내면에서 온다. 마찬가지로 모든 결핍, 제한, 역경은
약한 힘의 결과이다. 따라서 치료 방법은 힘을 키우는 것이다."

- 찰스 해낼

"인생을 살아가는 데 있어서 가장 중요한 것은 내면의 힘을 기르는
  것이네요."

"그래. 이 세상의 모든 것은 자신으로부터 나오기 때문이지."

"내면의 힘을 기르는 좋은 방법은 무엇인가요?"

"그것은 항상 감사하는 거지. 그리고 혼잣말을 하는 거지."

"왜 감사하는 것이 중요한가요?"

"감사하는 마음을 갖게 되면 부정적인 감정이 긍정적으로 변하게
  되지."

"혼잣말을 하는 이유는 무엇인가요?"

"혼잣말을 하면 자신의 내면과 대화하게 되지. 그러면 자신의 내면
  과 소통을 잘하게 되지. 그래서 문제를 해결하게 되지."

"내면의 힘을 활용하여 어떻게 문제를 해결하나요?"

"그것은 자신의 내면에서 나오는 영혼의 소리에 귀를 기울이는 거지."

"이렇게 영혼의 소리에 귀를 기울이면 강한 내면의 힘을 갖게 되나
요?"

"그렇지. 그래서 어떻게 문제를 해결해야 할지 방법을 찾게 되지."

"다른 사람의 의견에 휩쓸려 문제를 해결해서는 안된다.
스스로 내 안에 있는 영혼의 소리에 귀를 기울여야 한다."

- 톨스토이

"모든 문제는 자신만이 해결할 수 있나요?"

"그렇지. 그리고 모든 문제는 자신의 내면에서 나온 힘으로 해결할
수 있지. 다른 사람들이 도와줄 수 없지. 그래서 내면의 힘이 중요
하지."

"그러면 어떻게 내면의 힘으로 살아가야 하나요?"

"그것은 어떤 상황에서 문제가 있을 때 자신의 내면을 관찰하는 거
지. 그리고 자신이 해야 할 일을 먼저 생각하는 거지. 그러면 모든
문제를 해결할 수 있는 힘을 갖게 되지."

"그러면 인생의 목표도 자신의 내면에서 찾아야 하나요?"

"그렇지. 인생의 목표를 외부에서 찾으면 실패한 인생으로 살아가
지. 자신의 내면에서 목표를 찾아야 성공한 인생으로 살아가지."

"인생의 목표야말로 발견할 가치가 있는 자산이다.
그것은 외부에서 발견되는 것이 아니라 자신의 내부에서
발견되는 것이다."

- 로버트 루이스 스티븐슨

"인생의 목표를 외부에서 찾으면 어떻게 되나요?"
"항상 외부 상황에 따라서 흔들리게 되지. 그래서 많은 스트레스를
 받고 문제를 해결하지 못하게 되지."
"내면의 힘을 활용하여 자신이 가지고 있는 잠재력을 최대한 발휘
 하려면 어떻게 살아야 하나요?"
"이 세상의 주인이 자신이라고 생각하는 거지. 그리고 모든 것이 자
 신에게 달려있다고 생각하는 거지. 그리고 자신을 믿는 거지."

"모든 사람은 경탄할만한 잠재력을 가지고 있다.
자신의 힘과 젊음을 믿어라. '모든 것이 내가 하기 나름이다'라고
끊임없이 자신에게 말하는 법을 배우라."

- 앙드레 지드

23 내재적 동기냐, 외재적 동기냐

"자신에게 내재한 힘을 최대한 끊임없이 도전하는 사람, 큰 목표를 설정해 놓고 부단히 노력하는 사람은 인생의 진정한 승리자이다."

- 세네카

"내재적인 동기로 살아라."

"그것은 무엇을 말하나요?"

"자신이 흥미를 가지고 살아가라는 거지."

"그러면 어떻게 되나요?"

"그것에 대해 알아보고자 하는 힘이 생기지."

"그러면 위대한 일을 한 사람들은 내재적인 동기를 가진 사람들인가요?"

"그렇지. 흥미를 가지고 있는 일에 자신의 모든 에너지를 집중하는 거지. 그래서 자신이 바라는 것을 성취하는 거지."

"이런 사람들은 외부의 영향을 전혀 받지 않나요?"

"그렇지. 내재적인 동기가 강한 사람들은 외부의 영향을 받지 않지. 그래서 자신이 바라는 일을 성취하지."

"그렇다면 성공하지 못하는 이유는 내재적인 동기가 없기 때문인가요?"

"그렇지. 어떤 것에 흥미가 없으면 어떤 것을 하고자 하는 강한 힘을 가질 수 없지. 그래서 힘이 부족해서 일을 할 수 없지."

"그러면 어떻게 내재적인 동기를 활용하나요?"

"그것은 자신이 바라는 것을 생생하게 상상하는 거지."

"그러면 어떻게 되나요?"

"그러면 두뇌가 작동하여 지시하고 몸이 그 목적을 달성하는 방향으로 움직이게 되지."

"머릿속으로 자신이 바라는 것을 생생하게 그리면 온몸의 세포는 모두 그 목적을 달성하는 방향으로 조절된다."

- 아리스토텔레스

"내재적인 동기가 없는 사람은 외재적인 동기로 살아가나요?"

"그렇지. 그래서 자신의 내면의 힘보다 외부의 힘에 의존하며 살아가지."

"그러면 외재적인 동기는 어떤 한계가 있나요?"

"분명히 한계가 있지. 가장 큰 문제점은 자신이 가지고 있는 잠재 능력을 최대한 발휘하지 못하는 거지."

"그 이유는 무엇인가요?"

"외재적인 동기는 최선을 다하지 않고 일을 적당히 하지. 왜냐하면 자신이 정말로 원하는 일이 아니기 때문이지. 하지만 내재적인 동기는 자신이 정말로 원하는 일이기 때문에 잠재 능력을 최대한 발휘하지."

"그러면 우리가 내재적인 동기로 살아가야 하는 이유는 무엇인가요?"

"자신의 잠재 능력을 최대한 발휘해야 성공하기 때문이지."

"그러면 이렇게 자신의 잠재 능력을 최대한 발휘하기 위해서 가장 중요한 것은 무엇인가요?"

"자신을 믿는 것이지. 자신이 할 수 있다고 믿어야 자신의 능력을 최대한 발휘하게 되지."

"내가 만나본 목표를 성취한 사람들은 하나같이 이렇게 말했다. 나 자신을 믿기 시작하자 인생이 바뀌었다."

- 로버트 슐러

"그러면 내재적인 동기는 어떤 특징이 있나요?"

"그것은 주어진 과제 자체에 흥미를 가지지."

"그러면 어떻게 되나요?"

"그러면 자연스럽게 몰입을 하지. 그래서 자신의 능력을 최대한 발휘하게 되지."

"그러면 중요한 것은 자신이 흥미를 느끼는 과제를 찾는 것이네요."

"그래. 자신이 흥미를 가질 수 있는 것과 자신이 잘할 수 있는 것을 찾아서 몰입하는 거지. 이것이 성공의 비결이지."

"행복으로 가는 길은 단순한 두 원리에 있다. 자신에게 흥미를 불러 일으키는 것, 그리고 자신이 잘 해낼 수 있는 것이 무엇인지 알아내 라. 그것이 무엇인지 알았으면, 모든 정신, 에너지, 야망, 타고난 능력을 거기에 쏟아 부어라."

- 록펠러

"내재적인 동기를 갖기 위해서 중요한 것은 무엇인가요?"
"그것은 자신을 믿는 거지."
"자신을 믿으면 내재적인 동기를 갖게 되나요?"
"그렇지. 자신을 믿기 위해서는 자신을 알아야 하지. 자신을 알게 되 면 자신이 가지고 있는 흥미를 알게 되지."
"자신을 믿게 되면 어떻게 되나요?"
"자신을 믿으면 자신감이 생기고 내적인 동기가 유발되지. 그리고 하는 일에 몰입하고 즐기게 되지."

"스스로 할 수 있다고 믿을 때 동기부여가 되고, 헌신하게 되고, 집중하게 되고, 자신감이 생기고, 신바람이 난다. 이 모든 것들이 성공에 직결된다."

- 제리 린치

"내재적 동기를 가진 사람은 문제를 어떻게 해결하나요?"

"먼저 자신의 내면에 귀를 기울이지. 그리고 자신이 문제를 해결하기 위해서 해야 할 일을 생각하지."

"그러면 어떻게 되나요?"

"자신이 옳다고 믿는 것에 따라 행동을 하게 되지. 그래서 문제를 해결하게 되지."

"그래서 어떻게 살아가나요?"

"강한 내면의 힘을 가지고 살아가지. 그래서 외부의 영향을 받지 않고 성숙한 삶을 살아가지."

"그래서 인생을 주인으로 살아가네요."

"그렇지. 그렇지 않고 내면의 힘이 부족하면 인생을 노예로 살아가지."

"자신의 내면의 소리에 귀를 기울이고 스스로가 옳다고
믿는 것에 따라 자기다움에 걸맞는 삶을 살아가는 것이야말로
정신적인 자립이요, 성숙한 개인의 삶의 방식이 아니고
무엇이겠는가?"

- 에머슨

능력이 무한하냐, 한계가 있냐

"삶의 한계란 없다. 우리 스스로 만든 한계를 제외하고 말이다."

- 레스 브라운

"무한한 능력을 믿어라."

"그것은 무엇인가요?"

"신과 같이 모든 것을 할 수 있는 능력을 말하지."

"그러면 우리는 모든 것을 할 수 있는 능력을 가지고 있나요?"

"그래. 우리는 자신이 원하는 모든 것을 할 수 있는 능력을 가지고 있지."

"그런데 사람들은 왜 현실에서 자신이 원하는 것을 성취하지 못하나요?"

"그것은 사람들이 자신이 무한한 능력을 가지고 있다는 것을 믿지 않기 때문이지."

"그런데 실제로 내가 무엇이든 할 수 있다고 믿기 어려운데요."

"그렇지. 그래서 자신이 가지고 있는 능력을 발휘하지 못하지."

"그러면 내가 믿기만 하면 모든 것을 할 수 있나요?"

"그래. 성공한 사람은 무한한 능력을 믿는 사람이고 평범한 사람은
믿지 않는 사람이지."

"그러면 먼저 자신이 무한한 능력을 가지고 있다는 것을 믿어야 하
네요."

"그렇지. 모든 사람은 무한한 능력을 가지고 있지. 가장 중요한 것은
자신을 믿는 거지."

"모든 사람은 경탄할 만한 잠재력을 가지고 있다.
자신의 힘과 젊음을 믿어라. '모든 것이 내가 하기 나름이다'라고
끊임없이 자신에게 말하는 법을 배워라."

- 앙드레 지드

"그러면 우리가 무한한 능력을 가지고 있다는 것을 어떻게 믿어야
하나요?"

"조금도 의심하지 않고 확신을 가지는 거지."

"그러면 결과가 달라지나요?"

"그렇지. 그러면 실제로 자신이 무한한 능력을 믿게 되지."

"그러면 정말로 그렇게 되나요?"

"그래. 자신이 믿는 만큼 무한한 능력을 가질 수 있지. 우리가 전혀
믿지 않으면 아무 능력도 갖지 못하게 되지. 그러나 확신을 가지고

자신을 믿으면 무한한 능력을 갖게 되지. ”

"당신이 허락하는 만큼 당신은 놀라운 사람이 될 수 있다."

- 엘리자베스 알론

"그러면 어떻게 하면 무한한 능력을 믿을 수 있나요?"

"그것은 지금의 생각을 바꾸는 거지."

"어떻게 생각을 바꾸나요?"

"지금 가지고 있는 생각과 정반대로 생각하는 거지."

"그러면 자신이 현재 가지고 있는 생각을 바꾸라는 것이네요."

"그래. 현재의 결과는 지금까지 가지고 있는 생각의 결과이지. 그래서 현재를 바꾸는 방법은 현재의 생각을 바꾸는 거지.

"우리가 무한한 능력을 가지고 있다는 것을 어떻게 믿을 수 있나요?"

"인간도 신처럼 세상을 창조하고 있지."

"그것을 어떻게 알 수 있나요?"

"지금까지 인류가 만든 문명은 인간이 창조한 것이지. 그래서 인간은 신과 같은 창조자이지."

"그래서 우리가 신과 같이 무한한 능력을 가지고 있나요?"

"그렇지. 그것을 활용하여 위인들은 위대한 일을 하게 되지. 그리고 우리가 하는 모든 것들이 창조 활동이지."

"그러면 우리가 무한한 능력을 가진 것은 우주의 무한한 에너지 때문인가요?"

"그렇지. 우주는 무한한 에너지를 가지고 있지. 그리고 우리가 살고
있는 지구는 우주의 한 공간이지."
"우주가 무한한 에너지를 가지고 있다는 것을 어떻게 알 수 있나요?"
"태양과 바다는 무한한 에너지를 가지고 있지."
"무한한 우주의 에너지가 우리에게 어떤 영향을 주나요?"
"무한한 우주 에너지는 우리가 가진 모든 힘, 지혜, 지성의 원천이지."

"모든 움직임, 빛, 열, 색의 원천인 우주 에너지는 한계가 없으며
만물 위에 군림하고 있다. 이 우주 에너지는 모든 힘, 지혜,
지성의 원천이다."

- 찰스 해낼

"그런데 왜 사람들은 그러한 능력을 발휘하지 못하나요?"
"그것은 사람들이 그것을 믿지 않기 때문이지. 자신이 무한한 능력
을 발휘하기 위해서는 그것을 믿어야 하지."
"그래서 성공하기 위해서는 자신의 능력을 믿어야 하네요."
"그렇지. 우리가 믿는 만큼 자신의 무한한 능력을 발휘할 수 있지.
그래서 무한한 능력을 발휘하게 되지."

"모든 사람들의 마음속에는 좋은 소식이 있다.
바로 자기 자신이 얼마나 위대해질 수 있는지, 얼마나 많은 사랑을
베풀 수 있는지, 얼마나 많은 것들을 이룩할 수 있는지,

잠재력이 얼마나 큰지 모를 만큼 한계가 없다는 것이다."

- 안네 프랭크

"그러면 우리가 어떻게 하면 무한한 능력을 발휘하게 되나요?"
"그것은 먼저 주변 사람들이 무한한 능력을 발휘하게 하는 거지."
"그것을 어떻게 하나요?"
"주변 사람들에게 긍정적인 에너지를 주는 거지. 그래서 상대방을
 기쁘게 하고 용기를 주고 희망을 주는 거지."
"그러면 자신이 무한한 능력을 발휘하게 되나요?"
"그렇지. 자신이 주변 사람들에게 준 긍정적인 에너지가 자신에게
 되돌아와서 무한한 능력을 발휘하게 하지."

"당신의 주변을 당신을 기쁘게 해 주고, 당신에게 용기를 주며,
 당신의 비전을 공유할 수 있고, 당신에게 영감을 주는 사람들로
 가득 채워라."

- 레스 브라운

25 행복하면 성공하냐, 성공하면 행복하냐

"성공은 행복을 여는 열쇠가 아니다. 행복이 성공을 여는 열쇠다.
당신이 하고 있는 것을 사랑하면, 당신은 성공할 것이다."

- 슈바이처

"행복하면 성공한다."

"그것은 성공보다 행복이 더 중요하다는 것이네요."

"그렇지. 불행한 사람은 성공하기 어렵지."

"왜 그런가요?"

"불행하면 자신이 하는 일에 집중할 수 없지. 그래서 자신의 능력을
최대한 발휘하지 못하게 되지. 그래서 자신이 원하는 것을 성취하
기 어렵지."

"그러면 왜 행복하면 성공하나요?"

"행복하면 자신이 하는 일에 집중하게 되지. 그리고 자신의 능력을
최대한 발휘하게 되지. 그래서 자신이 원하는 것을 성취하게 되지."

"그런데 사람들은 성공해야 행복하다고 생각하잖아요?"

"그렇지. 그래서 만약 자신이 성공하지 못하면 불행하게 살아가지."

"그런데 성공하면 행복하지 않나요?"

"그렇지. 하지만 성공한다고 해서 반드시 행복하지는 않지."

"그러면 인생에서 중요한 것은 성공이 아니네요."

"그래. 인생에서 중요한 것은 성공이 아니라 행복이지."

"그러면 행복한 사람은 어떤 사람인가요?"

"사랑으로 살아가는 사람이지. 그리고 희망을 가지고 살아가는 사 람이지."

"이 세상에서 가장 행복한 사람은 일하는 사람, 사랑하는 사람, 희망이 있는 사람이다."

- 토머스 에디슨

"인생에서 행복이 중요한 이유는 무엇인가요?"

"그것은 행복해야 성공하기 때문이지."

"그러면 행복하면 반드시 성공하나요?"

"그렇지. 행복하게 살아가면 자신이 원하는 것을 성취하게 되지. 정신 적인 것뿐만 아니라 물질적인 것을 비롯해 많은 것을 이루게 되지."

"그러면 우리가 원하면 행복하게 되나요?"

"그렇지. 우리는 누구나 생각만으로 행복하게 되지."

"대부분의 사람은 마음먹은 만큼 행복하다."

- 링컨

"그러면 행복하게 살아가는 방법은 무엇인가요?"
"그것은 항상 긍정적으로 살아가는 거지. 그리고 부정적인 생각을 하지 않는 거지."
"긍정적으로 살아가면 어떻게 되나요?"
"온 세상 우주 만물을 사랑하게 되지. 그래서 자신도 행복하게 되지."
"그래서 긍정적인 태도가 중요하네요."
"행복하게 살아가려면 어떻게 해야 할까요?"
"지금 하고 있는 일을 즐기는 거지."
"그러면 어떻게 되나요?"
"자신의 잠재 능력을 최대한 발휘하게 되지. 그래서 자신이 원하는 현실을 창조하게 되지."

"자기 자신이 해낸 것을 즐기는 그리고 자기 자신이 하고 있는 것을 즐기는 사람은 행복한 사람이다."

- 괴테

"그러면 행복하게 살아가기 위해서 가장 중요한 것은 무엇인가요?"
"그것은 생각이지. 모든 것은 자신이 어떻게 생각하느냐에 달려있지."
"그러면 어떻게 생각해야 하나요?"

"그것은 생각을 바꾸는 거지."

"현재 가지고 있는 생각을 바꾸면 행복하게 되나요?"

"그래. 자신의 생각을 바꾸면 아무리 어려운 상황에서도 지금 바로 행복하게 되지."

"그러면 결국 행복은 자신의 생각이 결정하네요."

"행복한 삶을 사는 데 필요한 것은 거의 없다. 그것은 모두 자신의 생각 방식에 있다."

- 아우렐리우스

"그렇지. 모든 것은 자신의 태도가 문제이지."

"그러면 어떤 태도를 가지고 살아가야 하나요?"

"이 세상의 모든 것들이 기적이라고 생각하는 거지."

"이 세상 모든 것들이 기적이라고 생각하면 행복하게 되나요?"

"그래. 그러면 이 세상에 살아있다는 것 자체만으로도 행복하게 되지."

"그러면 행복은 이렇게 현재 살아있음을 느끼는 것이네요."

"그래. 아무리 어려운 상황에서도 살아있다는 것 그 자체가 기적이지. 그래서 너무나 감사할 일이지. 이렇게 생각하면 아무리 어려운 상황에서도 그 순간 바로 행복을 느끼게 되지."

"행복은 살아있음을 느끼는 것이다. 우리가 살아 있다는 것,
그것은 하나의 기적이다. 우리는 늘 많은 시간 속에 있으면서도
그 사실을 느끼지 못한다. 살아있다는 것 그 자체가 놀라운
가능성이다."

- 프랑수아 를로르

"행복한 사람들은 어떤 특징을 가지고 있나요?"
"마음을 가볍게 하고 살아가지. 그리고 생각을 자유롭게 하지."
"또 어떤 것들이 있나요?"
"모든 것에 감사하는 거지. 그리고 온 우주 만물을 사랑으로 대하는
 거지."

"행복은 깊이 느낄 줄 알고, 단순하고 자유롭게 생각할 줄 알고
삶에 도전할 줄 알고 남에게 필요한 삶이 될 줄 아는 능력으로부터
나온다."

- 스톰 제임슨

제 2 장

성공은 집중이다

1

민첩한 행동이냐, 많은 생각이냐

"산다는 것은 호흡하는 것이 아니라 행동하는 일이다."

- 루소

"민첩하게 행동해라."

"그 말은 무슨 뜻인가요?"

"그것은 신속하게 행동하라는 거지."

"생각보다는 행동이 중요하다는 것인가요?"

"그래. 사람들은 행동은 하지 않고 생각을 많이 하지."

"왜 행동이 중요한가요?"

"행동하지 않고서는 어떤 것도 성취할 수 없지."

"그렇지만 생각이 중요하잖아요?"

"그렇지. 하지만 생각을 많이 하면 행동하지 않게 되지. 그래서 결국에는 아무것도 하지 못하게 되지."

"왜 생각을 많이 하면 행동을 하지 못하게 되나요?"

"생각을 많이 하게 되면 두려움이 커지게 되기 때문이지."

"생각이 많아지면 용기는 줄어든다. 적당한 생각은 지혜를 주지만 과도한 생각은 결국, 나를 겁쟁이로 만드는 잡념에 불과하다."

- 에르빈 롬멜

"그러면 생각과 행동은 어떻게 다른가요?"
"생각은 마음먹은 일을 말하지. 그리고 행동은 어떤 일을 하는 것을 말하지."
"그런데 생각은 어떤 일을 하나요?"
"아무리 많은 일을 해도 잘못하면 안 하는 것보다 못하지. 그래서 일을 제대로 하는 것이 중요하지. 이렇게 생각은 올바른 방향을 정하지."
"그러면 행동은 왜 중요한가요?"
"결국 어떤 일을 하게 하는 것은 행동이지. 행동하지 않으면 아무리 좋은 생각도 결국은 헛된 것이 되지. 그래서 행동하는 사람이 성공하지."

"성공은 행동과 연결되어 있다. 성공적인 사람들은 계속해서 움직인다."

- 콘래드 힐튼

"생각이 행동하게 하나요?"

"그렇지. 생각이 없으면 행동하지 않게 되지. 하지만 더 좋은 것은 행동이 생각을 만든 거지."

"그 이유는 무엇인가요?"

"그것은 행동하기 전의 생각은 다소 비현실적이지. 하지만 행동을 한 후의 생각은 더 실제적이지."

"그런데 우리가 행동을 하지 못하는 이유는 무엇인가요?"

"그것은 힘과 용기가 부족하기 때문이지."

"그러면 성공한 사람은 힘과 용기가 많은 사람이네요."

"그렇지. 힘과 용기가 없는 사람이 할 수 있는 것은 아무것도 없지."

"그러면 힘과 용기를 기르는 방법은 무엇인가요?"

"그것은 너무 많은 생각을 하지 않는 거지. 그리고 신속하게 행동하는 거지."

"숙고할 시간을 가져라. 그러나 행동할 때가 오면 생각을 멈추고 뛰어들어라."

- 나폴레옹 보나파르트

"그러면 행동을 어떻게 해야 하나요?"

"성공한 사람처럼 생각하고 행동하는 거지."

"성공한 사람처럼 행동하면 정말로 성공하게 되나요?"

"그렇지. 학생이 전교 1등인 것처럼 실제로 공부하면 공부를 잘하게 되지."

"그러면 자신이 성공하기를 원하면 성공한 사람처럼 행동하는 거네요."

"성공하고 싶다면 성공한 사람처럼 행동하라."

- 윌리엄 제임스

"그렇지. 그리고 좋은 생각과 좋은 행동을 하는 거지."

"그것은 무슨 뜻인가요?"

"자신의 이익을 위해서 하는 생각과 행동은 나쁜 생각과 나쁜 행동이지. 다른 사람에게 도움이 되는 생각과 행동을 해야 하지."

"그런데 이렇게 힘든 세상을 살아가면서 다른 사람을 생각한다는 것이 어려운데요."

"그렇지. 결코 쉬운 일은 아니지. 그래서 사람들이 하지 못하고 살아가지."

"그리고 다른 사람에게 도움을 주면 자신에게 손해가 아닌가요?"

"그렇지 않지. 지금 당장은 자신이 손해를 보는 것 같지만 결국에는 자신에게 도움이 되지."

"왜 그렇죠?"

"다른 사람에게 도움을 주면 상대방이 행복하게 되지. 그러면 그 사람의 행복 바이러스가 자신에게 전해지지. 그래서 자신이 행복하게 되지."

"그러면 인생에서 행복의 비결은 무엇인가요?"

"그것은 자신을 둘러싼 세상 만물을 행복하게 하는 거지."

"그러면 자신도 행복하게 되나요?"

"그렇지. 이렇게 만물을 행복하게 하는 것이 좋은 생각과 좋은 행동이지."

"그러면 좋은 생각과 좋은 행동은 항상 좋은 결과를 가져오나요?"

"그렇지. 좋은 생각과 좋은 행동은 절대로 나쁜 결과를 가져오지 않지."

"나쁜 생각과 나쁜 행동은 항상 나쁜 결과를 가져오나요?

"그렇지. 나쁜 생각과 나쁜 행동은 절대로 좋은 결과를 가져오지 않지."

"그러면 생각을 행동으로 실천하는 좋은 방법은 무엇인가요?"

"행동을 작게 시도하는 거지. 운동을 하고자 할 때 팔굽혀펴기 한번을 하는 거지."

"그러면 생각을 행동으로 실천하지 못하는 이유는 무엇이나요?"

"그것은 행동을 크게 생각하기 때문이지."

"그러면 행동을 작게 하고 민첩하게 해야 하네요."

"좋은 생각과 행동은 결코 나쁜 결과를 낳을 수 없다. 나쁜 생각과 행동은 결코 좋은 결과를 낳을 수 없다."

- 제임스 앨런

2

자신이냐, 타인이냐

"타인을 아는 것은 지능이다. 자기 자신을 아는 것이 진정한
지혜이다."

- 노자

"자신에게 집중해라."

"그것은 무슨 뜻인가요?"

"다른 사람에게 집중하지 말라는 거지."

"그렇지만 우리가 살아가면서 다른 사람을 의식하지 않을 수 없잖
아요?"

"그렇지. 그렇지만 다른 사람만 의식하고 살아가면 다른 사람의 인
생을 살아가게 되지."

"왜 다른 사람의 인생을 살아서는 안 되나요?"

"자신의 인생은 단 한 번 주어진 소중한 기회이기 때문이지."

"그러면 자신에게 집중하기 위해서 중요한 것은 무엇인가요?"

"그것은 자신을 믿는 거지. 자신을 믿고 최선을 다해 노력하면 모든 일을 성취하게 되지."

"자신을 믿으면 나머지는 제자리를 찾을 것이다.
자기 능력을 믿고 열심히 노력하면 이루지 못할 것이 없다."

- 브래드 헨리

"그러면 우리가 다른 사람을 의식하지 않고 살아가는 방법은 무엇이나요?"

"그것은 자신에게 집중하는 거지."

"그건 정말 어려운데요. 부모님이나 선생님이 하는 말을 안 들을 수 없잖아요?"

"물론 그렇지. 중요한 것은 다른 사람이 원하는 인생을 살아서는 안 된다는 거지."

"다른 사람이 원하는 인생을 살아가면 어떻게 되나요?"

"그러면 자신이 원하는 인생을 살아가지 못하게 되지."

"그래서 자신이 원하는 인생을 살려면 자신에게 집중해야겠네요."

"그렇지. 자신이 원하는 인생을 살려면 자신을 믿어야 하지. 그리고 어떤 상황에서도 항상 겸손하고 이치에 맞게 행동해야하지."

"자신을 믿어라. 자신의 능력을 신뢰하라. 겸손하지만 합리적인
자신감 없이는 성공할 수도, 행복할 수도 없다."

- 노먼 빈센트 필

"이렇게 자신에게 에너지를 집중하는 방법이 있나요?"
"그것은 평상시에 자신의 내면을 들여다보는 거지."
"자신의 내면을 들여다보는 방법은 무엇인가요?"
"그것은 명상이지. 명상을 하면 자신의 감정과 느낌을 알게 되지."
"그러면 자신에게 집중하면 어떻게 살아가나요?"
"자신에 대해서 잘 알게 되지. 그리고 자신이 특별한 존재라는 것을
  알게 되지."
"이렇게 자신이 특별한 존재라는 것을 알게 되면 어떻게 되나요?"
"이 세상을 자신이 특별한 존재라고 여기며 살아가지."
"그러면 어떻게 되나요?"
"자신이 가지고 있는 능력을 최대한 발휘하면서 살아가지."
"그러면 정말 멋지고 특별한 사람으로 살아가겠네요."
"그렇지. 그래서 항상 자신이 특별한 존재라고 여기며 살아가야 하지."

"당신은 움츠러드는 게 아니라 활짝 피어나도록 만들어진
존재이다. 더 멋진 사람이 되고 더 특별한 사람이 되어라.
매 순간 자신을 가득 채우는 데 활용해라."

- 오프라 윈프리

"자신이 특별한 존재로 살아가려면 어떻게 살아가야 하나요?"

"그것은 자신에 대하여 감탄하는 거지."

"그 말은 무슨 뜻인가요?"

"자신이 위대한 존재라는 것을 깨닫는 거지."

"그러면 어떤 점이 달라지나요?"

"그러면 자신뿐만 아니라 상대방도 위대한 존재로 인정하게 되지.
그래서 상대방을 바라볼 때 감탄의 시선으로 바라보게 되지."

"이렇게 자신에 대하여 감탄을 하는 사람은 행복하게 살아가나요?"

"그렇지. 자신의 존재에 대해 감탄하는 사람은 온 세상 우주 만물을
경탄하게 되지."

"인간은 높은 산과 바다의 거대한 파도와 굽이치는 강물과
광활한 태양과 무수히 반짝이는 별들을 보고 경탄하면서 정작
가장 경탄해야 할 자기 자신의 존재에 대해서는 경탄하지 않는다."

- 성 아구스티누스

"그러면 자신에 대하여 어떻게 생각해야 하나요?"

"자신을 믿어야 하지. 그것을 자신감이라고 하지. 자신감이 없이는
어떤 일도 할 수 없지. 그리고 인생을 불행하게 살아가지."

"그래서 자신감을 가진 사람이 성공하겠네요."

"그렇지. 자신감이 없는 사람은 절대로 성공할 수 없지. 성공하려면
먼저 자신이 가지고 있는 능력을 믿어야 하지."

"그러면 자신감이 있는 사람은 어떤 사람인가요?"

"그것은 자신을 이기는 사람이지."

"어떻게 자신을 이기나요?"

"자신을 아끼는 사람이 자신을 이기게 되지."

"그래서 자신을 사랑하는 것이 근본이네요."

"그래. 자신을 사랑하는 사람이 자신을 아끼게 되지. 그리고 자신을 아끼는 사람이 자신을 이기게 되지."

"그런데 정말로 자신을 이기는 것은 어려운 일인데요."

"그렇지. 하지만 자신을 이기지 않고는 이 세상에서 어떤 일도 할 수 없지."

"그래서 결국 자신을 아끼는 사람이 자신을 완성하네요."

"사람은 반드시 자기 자신을 아끼는 마음이 있어야만 비로소 자기를 이겨낼 수 있고, 자기 자신을 이겨낼 수 있어야만 비로소 자신을 완성할 수 있다."

- 왕양명

3 한 가지냐, 여러 가지냐

"한 가지 아이디어를 선택하고 그 아이디어를 당신의 삶으로
만들어라. 그것에 대해 생각하고, 꿈꾸고, 그 생각에 따라 생활해라.
뇌, 근육, 신경, 몸의 모든 부분이 그 생각으로 가득 차게 하고
다른 모든 생각은 그냥 두어라. 이것이 성공의 비결이다."

- 스와미 비베카난다

"한 가지에 집중해라."

"그 말은 무슨 뜻인가요?"

"여러 가지에 자신의 에너지를 집중하지 말라는 거지."

"여러 가지에 에너지를 집중하면 어떻게 되나요?"

"그러면 자신이 원하는 것을 성취할 수 없지."

"그러면 한 가지에 집중하면 모든 것을 성취할 수 있나요?"

"그렇지. 한 가지에 자신의 모든 에너지를 집중하면 모든 것을 성취
할 수 있지. 다만 시간이 필요할 뿐이지."

"그러면 그 한 가지는 어떤 것인가요?"

"자신이 가장 중요하다고 생각하는 거지. 그리고 자신이 원하는 거지."

"제일 중요한 일 하나에 집중하라. 그다음은 생각하지도 마라."

- 피터 드러커

"그런데 실제로 현실에는 중요한 것이 너무 많은데요. 그리고 자신
  이 원하는 것도 많은데요."

"그렇지. 그래서 우선순위를 정하는 거지. 그리고 자신이 제일 중요
  한 한 가지를 선택하는 거지."

"그 한 가지가 바뀔 수도 있겠네요?"

"그렇지. 올해는 어떤 것을 한 가지로 선택하고 내년에는 다른 것을
  선택하는 거지."

"이렇게 한 가지를 강조하는 이유는 무엇인가요?"

"그것은 자신의 에너지를 집중해야 하기 때문이지."

"왜 에너지를 집중해야 하나요?"

"자신이 원하는 것을 성취하는 것이 결코 쉽지 않기 때문이지."

"햇빛은 한 초점에 모아질 때만 불꽃을 내는 법이다."

- 알렉산더 그레이엄 벨

"그런데 이렇게 한 가지에 집중해도 자신이 원하는 것을 성취하지

못하는 이유는 무엇인가요?"

"그것은 자신이 원하는 것이 자신의 능력에 비하여 수준이 너무 높기 때문이지. 그리고 시간이 필요하기 때문이지."

"그러면 자신이 원하는 한 가지를 정할 때 쉽게 할 수 있는 것으로 하면 되겠네요."

"물론 그것도 한 가지 방법은 될 수 있지. 그리고 더 긴 시간을 가지고 최소 1년, 5년, 10년의 목표를 정하는 거지."

"그러면 처음에는 작은 목표를 정하고 나중에는 점점 큰 목표를 정하는 것도 좋겠네요."

"그렇지. 중요한 것은 자신이 원하는 것을 한 가지 정하는 거지."

"이렇게 자신이 원하는 한 가지를 정하면 어떤 효과가 있나요?"

"그러면 그 순간부터 자신의 모든 에너지를 집중하게 되지. 그리고 자신의 잠재 능력을 최대한 발휘하게 되지. 그래서 자신이 원하는 것을 이루게 되지."

"한 가지 뜻을 세우고 가라. 잘못과 실패가 있더라도 그것만이 빛을 보는 길이다."

- 칸트

"이렇게 한 가지에 집중하는 방법은 무엇인가요?"

"그것은 다른 것을 버리는 거지."

"그러면 한 가지에 집중하기 위해서는 다른 것들을 버릴 수 있는 용기가 있어야 하겠네요.”

“그렇지. 인생은 선택이지. 선택해야 원하는 것을 성취하게 되지.”

“우리가 한 가지에 집중할 때 어떤 것에 집중해야 하나요?”

“그것은 좋은 것에 집중하는 거지.”

“그 이유는 무엇인가요?”

“그것은 좋은 것을 집중하면 좋은 결과를 가져오기 때문이지.”

“좋은 것은 어떤 것인가요?”

“그것은 자신에게도 좋고 다른 사람들에게도 좋은 것을 말하지.”

“그러면 어떤 것을 먼저 선택해야 하나요?”

“그것은 다른 사람에게 좋은 것을 먼저 선택하는 거지.”

“그러면 자신에게도 좋은 것이 되나요?”

“그렇지. 자신이 이 세상에 좋은 에너지를 주면 좋은 에너지가 자신
에게 되돌아오게 되지.”

“삶은 단순하고 아름답습니다. 좋은 것에 집중하십시오.”

- 막심 라가세

“그러면 우리가 어떤 것을 한 가지로 정해야 하나요?”

“자신이 잘하는 것을 정해야 하지.”

“그다음은 어떻게 해야 하나요?”

“그리고 잘할 수 있는 것에 자신의 모든 에너지를 집중하는 거지.”

“그러면 어떻게 되나요?”

"자신이 원하는 모든 것을 성취하게 되지."

"그러면 사람들이 자신이 잘하는 것에 집중하지 못하는 이유는 무엇인가요?"

"그것은 자신이 잘못하는 일에 집중하기 때문이지."

"이렇게 자신이 잘하는 것에 집중하기 위해서는 어떻게 해야 하나요?"

"그것은 자신이 잘하는 것을 찾는 거지."

"그 다음은 어떻게 하죠?"

"자신이 할 수 있는 한 온 몸과 마음을 다해서 집중하는 거야."

"성공의 비결은 단 한 가지, 잘할 수 있는 일에 광적으로 집중하는 것이다."

- 토마스 모나건

4

중요한 일이냐, 사소한 일이냐

"만약 당신이 진로나 관계에서 갈림길에 서 있다면,
돈이나 중독 문제로 어려움을 겪고 있다면, 아니면 건강 관리에
애를 먹고 있다면, 나에게 가장 중요한 게 무엇인지
정의하는 것에서부터 변화의 여정은 시작된다."

- 오프라 윈프리

"중요한 일에 집중해라."

"그 이유는 무엇이나요?"

"그것은 중요한 일을 먼저 하지 않으면 나중에 할 수 없게 되기 때
문이지."

"예를 들어 설명해 줄 수 있나요?"

"큰 통에 먼저 탁구공을 가득 넣고 나중에 농구공을 넣을 수 없지.
하지만 먼저 농구공을 가득 넣고 나중에 탁구공을 넣을 수 있지."

"그것은 무슨 뜻인가요?"

"농구공은 중요한 일이고 탁구공은 중요하지 않은 일이지. 중요한 일을 먼저 하고 중요하지 않은 일은 나중에 할 수 있지. 하지만 중요하지 않은 일을 먼저 하면 나중에 정작 중요한 일은 할 수 없게 되지."

"그러면 우리가 중요한 것에 집중하지 않으면 중요하지 않은 것에 습관적으로 집중하게 되네요."

"그렇지. 그것은 마치 땅에 작물을 심지 않으면 잡초가 생기는 것과 같지."

"중요한 것에 의식적인 노력을 기울이지 않는 것은
중요하지 않은 것에 무의식적으로 노력을 기울이는 것과
다를 바가 없다."

- 스티븐 코비

"이렇게 중요한 일을 정하는 방법은 무엇인가요?"

"그것은 '만일 내가 죽는다면 어떤 일을 할까?'라고 생각하는 거지."

"그러면 정말 중요한 것만 남게 되나요?"

"그렇지. 그것이 돈과 같이 물질적인 것이 될 수 있고 사랑과 같이 정신적인 것이 될 수도 있지."

"그러면 항상 이런 생각을 가지고 살아가야 하나요?"

"그렇지. 선택의 순간에 자신이 죽는다면 어떤 것을 선택할지 생각하는 거지."

"내가 곧 죽을 것이라고 생각하는 것은, 인생의 중요한 순간마다
큰 결정을 내릴 때 도움을 준다."

- 스티브 잡스

"우리가 이렇게 중요한 일을 먼저 해야 하는 이유는 무엇이죠?"
"그것은 우리의 인생이 짧기 때문이지. 짧은 인생을 값지게 살아야
 하기 때문이지."
"또 다른 이유가 있나요?"
"그래. 이렇게 중요한 것을 먼저 하지 않으면 정작 중요한 일을 하지
 못하게 되기 때문이지."
"그런데 어떤 것이 중요한 일인지 어떻게 알 수 있나요?"
"정말로 중요한 것은 보이지 않지. 보이는 것은 중요하지 않지."
"왜 중요한 것은 보이지 않나요?"
"인생에서 정말 중요한 것은 사랑과 같이 정신적인 것이지. 돈과 같
 이 물질적인 것은 그 다음으로 중요한 거지."
"이렇게 정말 중요한 것은 마음으로 느끼는 것이네요."
"그래. 세상에서 가장 아름다운 것은 마음으로 느껴지는 거지."

"세상에서 가장 좋고 아름다운 것조차도 보이거나 만져질 수 없다.
그것들은 마음으로 느껴야만 한다."

- 헬렌 켈러

"왜 정신적인 것이 중요하고 물질적인 것은 중요하지 않나요?"

"모든 것은 생각에서 나온 것이기 때문이지. 생각이 없으면 어떤 물질도 만들 수 없지. 이러한 생각은 보이지 않는 것이지."

"그래도 사람들은 물질이 더 중요하다고 생각하는데요."

"그렇지. 그런데 사람은 아무리 물질이 풍요해도 정신이 온전하지 못하면 행복하게 살 수 없지."

"모든 만물은 정신에서 나오지 않나요?"

"그렇지. 모든 것은 마음으로부터 온 것이지. '일체유심조'라는 말이 있지."

"마음으로부터 나온다는 것은 자신의 내면을 말하나요?"

"그렇지. 모든 것은 자신의 내면으로부터 나온 거지. 외부의 세상은 내면이 비친 거울의 모습이지."

"그래서 중요한 것이 자신의 내면이라는 것이네요."

"그래. 우리가 인생에서 원하는 모든 것들은 자신의 내면으로부터 나온 것이지."

"그러면 자신의 내면을 어떻게 관리해야 하나요?"

"그것은 자신의 내면에 빛이 꺼지지 않도록 하는 거지. 우리는 내면에 빛을 가지고 있는 별들이지. 그래서 이 세상을 밝게 비추게 되지."

"가장 중요한 것은 나의 내부에서 빛이 꺼지지 않도록 노력하는 일이다. 안에 빛이 있으면 스스로 밖이 빛나는 법이다."

- 알버트 아인슈타인

"그러면 우리가 중요한 일을 할 수 있는 힘은 무엇인가요?"

"그것은 바로 내면의 힘이지. 내면의 힘은 정신력이라고 할 수 있지. 정신력이 강한 사람이 모든 일을 하게 되지."

"그런데 사람들은 살아가면서 중요한 일보다 급한 일을 먼저 하는 이유는 무엇인가요?"

"그것은 지금 당장 급한 일을 하지 않으면 손해를 보기 때문이지."

"그러면 현실적으로 중요한 일만 할 수 없잖아요?"

"그래서 중요한 일을 먼저 하지 않으면 급한 일만 하게 되지."

"중요한 일을 하는 방법은 무엇인가요?"

"그것은 중요한 일을 먼저 하는 거지. 그다음에 중요하지 않은 일을 하는 거지."

"가장 중요한 것은 마음과 직관을 따를 용기를 가지는 것이다."

- 스티브 잡스

5

원하는 생각이냐, 원하지 않는 생각이냐

"당신의 심장과 직관은 당신이 정말로 원하는 것이 무엇인지 이미 잘 알고 있다. 나머지는 다 부차적인 것이다."

– 스티브 잡스

"원하는 생각에 집중해라."

"그 말은 무슨 뜻인가요?"

"그것은 자신이 원하지 않은 생각에 집중하지 말라는 거지."

"그러면 먼저 자신이 원하는 생각을 가져야 하네요."

"그렇지. 자신이 원하는 생각을 가져야 집중할 수 있지."

"원하는 생각에 집중해야 하는 이유는 무엇인가요?"

"그래야 자신이 원하는 것을 성취하기 때문이지."

"그러면 왜 사람들은 자신이 원하는 생각에 집중하지 않나요?"

"자신이 원하지 않는 생각을 하면서 살아가기 때문이지."

"그러면 자신이 정말로 원하는 것이 무엇인지 모르고 살아가나요?"

"그렇지. 자신이 정말로 원하는 것을 아는 사람은 반드시 성공하지."

"인생에서 자기가 진정으로 원하는 것이 무엇인지를
아는 사람은 많지 않다. 만약 그것을 잘 안다면 그는 성공에
가까이 가 있는 것이다."

- 나폴레온 힐

"그러면 자신이 원하는 생각을 하는 방법은 무엇인가요?"
"그것은 자신이 원하는 생각을 매 순간 떠올리는 거지. 그리고 하루
 일과 중에 일정한 시간을 정해서 자신이 원하는 생각을 하는 거지."
"자신이 원하는 생각을 하는 다른 방법이 있나요?"
"그래. 그것은 혼잣말을 하는 거지."
"혼잣말을 어떻게 하나요?"
"자신이 원하는 생각에 대하여 질문을 하는 거지."
"질문을 어떻게 하나요?"
"'내가 원하는 것이 무엇이지?'라고 스스로 질문하는 거지."
"이렇게 자신에게 질문을 하면 어떻게 되나요?"
"그러면 자신이 원하는 생각을 떠올리게 되지. 그래서 자신이 원하
 는 생각을 하게 되지."
"그래서 가장 중요한 것은 자신이 원하는 것을 갖는 것이네요."
"그래. 그래서 자신이 원하는 것을 갖게 되면 자연스럽게 성취하게
 되지."

"인생에서 원하는 것을 얻기 위한 첫 번째 단계는 내가 무엇을 원하는지 결정하는 것이다."

- 벤 스타인

"이렇게 자신이 원하는 생각을 하면 어떤 점이 좋나요?"

"그러면 자신이 원하는 것을 성취하게 되지."

"그런데 실제로 자신이 원하는 생각에 집중하기 어려운데요."

"그렇지. 하루를 살아가다 보면 자신이 원하는 생각보다 원하지 않은 생각에 집중하게 되지."

"그래서 필요한 것이 무엇인가요?"

"자신이 원하는 생각을 마음에 가득 채우는 거지.

"이렇게 자신이 원하는 생각을 마음에 가득 채우면 좋은 점은 무엇이 있나요?"

"자신이 행복하게 살아가지."

"그 이유는 무엇이죠?"

"왜냐하면 현실이 아무리 힘들어도 자신이 원하는 생각을 하면 기분이 좋아지기 때문이지."

"그런데 왜 사람들은 자신이 원하는 생각을 하지 못하나요?"

"그것은 자신이 원하는 것을 스스로 인정하지 않기 때문이지."

"우리는 이미 자신이 원하는 바를 분명히 알고 있다.
다만 그 사실을 인정하는 게 두려울 뿐이다."

- 브라이언 트레이시

"그리고 원하는 생각을 하면 또 어떤 점이 좋나요?"

"현실에서 아무리 힘들고 어려워도 살아갈 강한 에너지를 얻게 되지."

"자신이 원하는 생각을 하면 에너지가 높아진다는 것인가요?"

"그렇지. 자신이 원하는 생각을 하면 스스로 의욕이 생기게 되지. 그
 래서 힘든 현실을 견딜 수 있게 되지."

"그러면 정말로 자신이 원하는 생각에 집중해야 하네요."

"그래. 그래서 이렇게 자신이 원하는 인생을 살아가는 사람은 언제
 나 행복하지."

"그러면 자신이 원하는 것을 어떻게 알 수 있나요?"

"그것은 직관으로 알 수 있지. 느낌으로 아는 거지."

"좀 더 자세히 설명해 줄 수 있나요?"

"자신이 원하는 것은 좋은 느낌을 주는 거지. 나쁜 느낌을 주는 것은
 자신이 원하는 것이 아니지."

"그러면 자신에게 좋은 느낌을 주는 것에 에너지를 집중해야 하네요."

"그래. 좋은 느낌을 주는 것에 집중하면 자신이 행복하지."

"행복해지고 싶다면 좋은 느낌을 주는 일에 시간을 더 많이 투자해라."

- 워렌 버핏

"그런데 자신이 원하는 것을 모르는 이유는 무엇인가요?"

"그것은 이 세상을 두려움을 가지고 살아가기 때문이지. 두려움을 가지고 살아가는 사람은 자신이 원하지 않은 생각으로 살아가지."

"그러면 사랑으로 살아가는 사람만이 자신이 원하는 생각을 가지고 살아가나요?"

"그래. 그런데 왜 우리가 자신이 원하는 생각을 살아가야 하지?"

"그것은 우리의 인생이 소중하기 때문이 아닌가요?"

"그래. 우리의 인생이 소중하기 때문에 자신이 원하는 생각을 가지고 살아가야 하지."

"우리의 인생이 소중한 이유는 무엇인가요?"

"그것은 우리가 이 세상을 한 번밖에 살 수 없다는 거지."

"내가 죽을 때가 되면 죽어야 하는 사람이니까 내가 원하는 방식으로 내 인생을 살게 해줘."

- 지미 헨드릭스

6

하고 싶은 일이냐, 해야 할 일이냐

"절대 포기하지 말라. 당신이 되고 싶은 무언가가 있다면,
그에 대해 자부심을 가져라. 당신 자신에게 기회를 주어라.
스스로가 형편없다고 생각하지 말라. 그래 봐야 아무것도 얻을
것이 없다. 목표를 높이 세워라. 인생은 그렇게 살아야 한다."

- 마이크 맥라렌

"하고 싶은 일에 집중해라."
"그 말은 무슨 뜻인가요?"
"그것은 자신이 해야 할 일에만 집중하지 말라는 거지."
"그런데 사람들은 해야 할 일에 집중하며 살아가잖아요."
"그래. 그래서 자신이 하고 싶은 일에 집중하지 못하고 살아가지."
"그러면 왜 우리가 하고 싶은 일에 집중하며 살아가야 하나요?"
"그래야 자신이 하고 싶은 일을 할 수 있기 때문이지."
"러면 왜 우리가 해야 할 일에만 집중하면 안 되나요?"

"중요한 것은 해야 할 일이 아니라 자신이 하고 싶은 일이기 때문이지."

"그러면 자신이 하고 싶은 일을 하지 않으면 어떻게 되나요?"

"그러면 결국에 자신이 하고 싶은 일을 하지 못하게 되지."

"비난을 피하기 위해서는 아무것도 아닌 사람이 되거나 아무것도 하지 않는 방법이 있다. 길거리의 청소부로 취직해 마음속의 야망을 하나씩 죽여라. 당신이 원하는 대로 될 것이다."

- 나폴레온 힐

"그러면 어떻게 하고 싶은 일에 집중하며 살아가나요?"

"그것은 자신의 인생 목표를 가지고 살아가는 거지."

"예를 들어 이야기해 줄 수 있나요?"

"자동차를 운전할 때 아무 목적지가 없이 운전하는 경우는 없지. 마찬가지로 목표를 가지고 살아가라는 거지."

"자신의 뚜렷한 목표를 정하라는 것이네요."

"그래. 그래야 자신이 원하는 인생을 살아가게 되지."

"그러면 성공한 사람은 언제나 하고 싶은 일에만 집중하며 살아가나요?"

"그렇지. 먼저 하고 싶은 일에 관심을 갖지. 그리고 자신의 모든 에너지를 집중하지. 그러면 자신이 원하는 것을 성취하지."

"그러면 사람의 가치는 어떻게 결정이 되나요?"

"그것은 인생에서 그 사람이 무엇을 하고 싶어 하느냐가 말해주지."

"한 인간의 심성과 이성을 이해하기 위해서는 그가 지금까지 무엇을 이미 이루어 놓았느냐가 아니라, 그가 앞으로 무엇을 하고 싶어 하느냐 하는 포부를 살펴봐야 한다."

- 칼릴 지브란

"우리가 왜 하고 싶은 일에 집중해야 하나요?"

"그래야 자신의 잠재 능력을 최대한 발휘하게 되기 때문이지."

"그것은 자신이 해야 할 일만 하면 잠재 능력을 최대한 발휘하지 못 하겠네요."

"그렇지. 왜냐하면 그것이 자신이 하고 싶어하는 것이 아니기 때문 이지."

"그러면 자신의 잠재 능력을 최대한 발휘하기 위해서는 무엇이 필 요한가요?"

"그것이 정말로 자신이 원하는 것이어야 하지."

"그 이유는 무엇인가요?"

"자신이 원하지 않는 일을 해야 할 때는 일을 적당히 하지. 하지만 하고 싶은 일을 할 때는 혼신의 힘을 다해서 마음으로 하게 되지. 그래서 자신의 능력을 최대한 발휘하게 되지."

"이렇게 하고 싶은 일을 하게 되면 방법을 찾게 되네요."

"그렇지. 그러나 하기 싫은 일을 하게 되면 변명을 찾게 되지."

"하고 싶은 일에는 방법이 보이고 하기 싫은 일에는 변명이 보인다."

- 필리핀 속담

"그러면 결과에 있어서 어떤 차이가 있나요?"

"그래서 하고 싶은 일을 하는 사람은 다른 사람들이 전혀 생각하지 못하는 일을 하게 되지."

"성공한 사람들은 어떤 공통점을 가지고 있나요?"

"그것은 어떤 일이든 자신이 하고 싶은 일을 하지."

"그런데 우리는 살아가면서 자신이 하고 싶은 일만 할 수 없잖아요?"

"그렇지. 그런데 성공한 사람은 어떤 일이든 그것을 자신이 하고 싶은 일로 만들지. 그래서 자신이 해야 할 일도 하고 싶은 일로 생각하지."

"그래서 성공한 사람은 언제나 자신이 원하는 일을 하나요?"

"그렇지. 그래서 어떤 상황에서도 자신이 원하는 일을 하지."

"성공하는 사람은 언제나 자신의 일을 하고 있다.
당신 자신의 일을 하라. 언제, 어디서, 무엇을 하든."

- 보도 섀퍼

"우리가 지혜롭게 살려면 어떻게 해야 하나요?"

"그것은 자신이 하고 싶은 일을 하는 거지."

"그 이유는 무엇인가요?"

"자신이 하고 싶은 일을 할 때 최고의 자신으로 살아가기 때문이지."

"그러면 어떻게 되나요?"

"자신이 행복하고 성공하게 되지."

"또 다른 점이 있나요?"

"자신뿐만 아니라 세상을 더 좋은 세상으로 만들게 되지."

"그래서 지혜롭게 살아가게 되네요."

"그래. 그것은 자신이 하고 싶은 일을 하는 거지."

"하고 싶은 일을 하면 좋은 점은 무엇인가요?"

"그러면 아무리 힘들고 어려워도 포기하지 않고 견디게 되지."

"훌륭한 삶에는 세 가지 요소가 있다. 즉 배우는 일, 돈버는 일,
무엇인가 하고 싶은 일이다."

- 몰리

7

할 수 있는 일이냐, 할 수 없는 일이냐

"인생은 할 수 있는 일에 집중하는 것이지, 할 수 없는 일을
후회하는 것이 아니다."

- 스티븐 호킹

"할 수 있는 일에 집중해라."

"그 말은 무슨 뜻인가요?"

"그것은 할 수 없는 일에 자신의 에너지를 낭비하지 말라는 거지."

"우리가 살아가면서 할 수 없는 일도 해야 하지 않나요?"

"그렇지. 우리가 할 수 없는 일도 해야지."

"그런데도 자신이 할 수 있는 일에 집중해야 하는 이유는 무엇인
가요?"

"그것은 자신이 할 수 있는 일에 집중해야 성공하기 때문이지."

"그 이유는 무엇인가요?"'

"자신이 할 수 있는 일에 집중하게 되면 다른 사람보다 잘하게 되지.

그래서 다른 사람들이 생각하지 못하는 일을 하게 되지.”
“그러면 성공의 비결은 아무리 작고 사소한 일이라도 현재 자신이
할 수 있는 일을 하는 것이네요.”
“그렇지. 그래야 나중에 더 큰 일을 할 수 있게 되지.”

“나는 넘지도 못할 7피트 장대를 넘으려고 애쓰지 않는다.
나는 내가 쉽게 넘을 수 있는 1피트 장대를 주위에서 찾아본다.”

- 워렌 버핏

“그러면 자신이 할 수 없는 일은 어떻게 해야 하나요?”
“우리가 살아가면서 자신이 할 수 없는 일을 하지 않을 수 없지. 하
지만 자신이 할 수 없는 일에 에너지를 집중하면 자신이 할 수 있
는 일을 하지 못하게 되지.”
“예를 들어 처음에 자신이 할 수 없는 일을 해서 나중에 성공을 할
수도 있잖아요?”
“물론 그렇지. 그러나 자신이 할 수 없는 일을 잘하는 것은 한계가
있지.”
“왜 그런가요?”
“왜냐하면 어떤 일에서 성공하기 위해서는 다른 사람보다 특별하게
더 잘해야 하지. 그런데 처음에 자신이 할 수 없는 일을 처음부터
잘하는 사람보다 더 잘하기는 어렵지.”
“그것보다는 같은 에너지를 가지고 자신이 현재 할 수 있는 일에 집

중하면 다른 사람들보다 더 잘할 수 있나요?"

"그렇지. 그런데 자신이 할 수 없는 일을 어느 정도 잘할 수는 있지
만 한계가 있지."

"결국 인생에서 성공한 사람들은 자신이 할 수 있는 일을 한 사람들
이네요."

"그래. 자신이 할 수 없는 일만을 하는 사람들은 평범하게 살아가지."

"영웅이란 자신이 할 수 있는 일을 해낸 사람이다. 범인은 할 수
있는 일을 하지 않고 할 수 없는 일만을 바라고 있다."

- 로망 롤랑

"그러면 자신이 할 수 없는 일을 하되 자신이 할 수 있는 일에 집중
을 하는 것이네요."

"그렇지. 현실적으로 자신이 할 수 없는 일을 전혀 안 할 수는 없지.
그러나 자신이 할 수 있는 일에 에너지를 집중하는 거지."

"이렇게 자신이 할 수 있는 일에 집중하는 방법은 무엇인가요?"

"먼저 자신에 대하여 잘 알아야 하지. 자신이 무엇을 잘하고 못하는
지 알아야 하지."

"자신이 할 수 있는 것을 알기 위해서는 어떻게 해야 하나요?"

"그래서 다양한 경험이 중요하지. 실제로 어떤 일을 할 수 있는지 없
는지는 그 일을 해봐야 자신이 알 수 있지. 그래서 다양한 시도를
하는 것이 중요하지."

"다양한 경험을 하면 자신이 할 수 있는 일에 대하여 알 수 있나요?"

"그래. 새로운 시도를 하면 자신이 할 수 있는 일을 알게 되지."

"그런데 그러한 새로운 시도를 하는 것은 쉽지 않아요."

"그렇지. 그래서 자신이 할 수 있다고 생각하는 것에 용기를 가지고 시도해야지."

"당신이 할 수 있는 것 혹은 할 수 있다고 꿈꾸는 것이 있다면 시작하라. 대담함은 비범한 재능과 함께 마법을 지니고 있다."

– 괴테

"왜 우리가 할 수 있는 일에 집중해야 하나요?"

"우리가 어떤 일을 하기 위해서는 많은 고통과 인내를 해야지. 그런데 할 수 없는 일을 하면 그것을 견디기 어렵지. 하지만 할 수 있는 일을 하면 힘든 시간을 견뎌낼 수 있지."

"그렇지만 처음에는 할 수 없는 일도 열심히 하면 잘하게 되잖아요."

"당연히 그렇지. 그래서 처음부터 시도하지 않고 할 수 없다고 단정해서는 안 되지."

"그러면 할 수 있는지 없는지 어떻게 알 수 있나요?"

"자신이 흥미를 가지고 있는 것에 새로운 시도를 하는 거지. 시도를 해보면 자신이 할 수 있는지 없는지 알 수 있지."

"이렇게 자신이 잘하는 것에 집중하면 어떤 효과가 있나요?"

"다른 사람들보다 잘하는 것을 갖게 되지. 그래서 다른 사람들이 생각하지 못하는 일을 하게 되지."

"성공의 비결은 단 한 가지, 잘할 수 있는 일에 광적으로 집중하는
것이다."

- 토머스 모나건

"그러면 우리가 할 수 있는 모든 것을 할 수 있나요?"
"그래. 지금까지 성공한 사람은 자신이 모든 것을 할 수 있다고 믿는
 사람이지."
"자신이 할 수 있는 일을 하게 되면 어떻게 되나요?"
"자신도 놀라게 할 일을 하게 되지."
"그러면 우리가 살아가면서 기적을 만들어 가네요."

"만약 우리가 할 수 있는 모든 것을 한다면, 우리는 문자 그대로
우리 자신을 놀라게 할 것이다."

- 에디슨

8 위대한 존재냐, 하찮은 존재냐

"당신의 일은 당신 삶의 많은 부분을 차지할 것이고 진정으로
만족할 수 있는 유일한 방법은 당신이 위대한 일이라고 믿는 일을
하는 것입니다. 그리고 위대한 일을 하는 유일한 방법은 당신이
하는 일을 사랑하는 것입니다.
아직 찾지 못했다면 계속 찾아보세요. 마음의 모든 문제와
마찬가지로 그것을 찾으면 알게 될 것입니다."

\- 스티브 잡스

"위대한 존재로 살아라."
"그 말은 무슨 뜻인가요?"
"자신을 신과 같이 위대한 존재라고 생각하라는 거지."
"우리가 어떻게 신과 같이 위대한 존재가 될 수 있나요?"
"그것은 우리가 신과 같은 능력을 가지고 있기 때문이지."
"그것을 어떻게 믿을 수 있나요?"

"성공한 사람은 자신이 신과 같이 위대한 존재라고 믿는 사람이지."

"그러면 자신이 신과 같이 위대한 존재라고 생각하는 사람은 어떻게 살아가나요?"

"이 세상 모든 것을 기적인 것처럼 생각하지."

"그러면 자신을 위대한 존재라고 생각하지 않는 사람은 아무것도 기적이 아닌 것처럼 생각하나요?"

"그렇지. 그래서 평범하게 살아가지."

"인생을 살아가는 데는 오직 두 가지 방법밖에 없다.
하나는 아무것도 기적이 아닌 것처럼, 다른 하나는 모든 것이
기적인 것처럼 살아가는 것이다."

- 알버트 아인슈타인

"그러면 자신이 위대한 존재라고 생각하면 그렇게 되나요?"

"자신을 위대한 존재라고 여기며 살아가지."

"그러면 어떻게 되나요?"

"위대한 생각을 하면서 살아가지."

"그러면 어떻게 되나요?"

"자신의 무한한 능력을 발휘하여 위대한 일을 하게 되지."

"그 이유는 무엇인가요?"

"그것은 우리가 무한한 능력을 가지고 있기 때문이지."

"그러면 우리가 무한한 능력을 발휘하지 못하는 이유는 무엇인가요?"

"그것은 우리가 자신을 위대한 존재라고 생각하지 않기 때문이지."

"위대한 생각들로 우리의 마음을 키워야 한다. 인간은 생각한 만큼만 성장할 수 있기 때문이다."

- 벤저민 디즈레일리

"그러면 자신이 위대한 존재라고 생각하는 사람은 그렇지 않은 사람과 어떻게 다른가요?"

"자신이 위대한 존재라고 생각하는 사람은 위대한 생각을 하지."

"위대한 생각은 무엇인가요?"

"그것은 작고 사소한 생각이 아니라 크고 훌륭한 생각을 말하지."

"그러면 위대한 사람은 작고 사소한 생각을 하는 것이 아니라 크고 훌륭한 생각을 하네요."

"그렇지. 모든 것은 자신과 세상을 어떤 시선으로 바라보느냐가 결정하지."

"그리고 위대한 생각을 하는 사람은 위대한 일을 하나요?"

"그렇지. 위대한 생각으로 살아가기 때문에 위대한 일을 하게 되지."

"그러면 위대한 일을 하기 위해서는 위대한 생각을 해야 하겠네요. 그리고 위대한 생각을 하기 위해서는 자신을 위대한 존재라고 생각해야 하겠네요."

"그렇지. 이렇게 위대한 사람은 위대한 생각을 하고 위대한 행동을 하지."

"우리가 이렇게 위대한 생각을 해야 하는 이유는 무엇인가요?"

"그것은 위대한 생각을 할수록 더 수준 높은 삶을 살아가기 때문이지."

"그래서 우리가 더 위대한 생각을 해야 하네요."

"그렇지. 왜냐하면 우리는 우리가 생각한 수준을 뛰어넘을 수 없기 때문이지."

"위대한 생각을 길러라. 우리는 어떤 일이 있어도 생각보다 높은 곳으로 오르지 못한다."

- 벤저민 디즈레일리

"그러면 위대한 행동을 하는 사람은 다른 사람이 할 수 없다고 생각 하는 것을 하는 사람이네요."

"그래. 성공한 사람은 다른 사람이 할 수 없다고 생각하는 것을 해낸 사람이지."

"그러면 이렇게 위대한 사람은 평범한 사람과 어떤 점이 다른가요?"

"위대한 사람은 위대한 꿈을 가지고 살아가지. 그리고 평범한 사람 들은 작은 소망을 가지고 살아가지."

"위대한 꿈은 무엇인가요?"

"자신이 생각하는 최고의 인생을 말하지."

"왜 인생에서 위대한 꿈을 가져야 하나요?"

"인생에서 낮은 목표로 살아가는 것은 죄악이기 때문이지."

"시간이 걸리더라도 위대하게 시작하라. 그러나 운명에서는
장대하라. 낮은 목표를 세우는 것은 실패는 아니지만 죄악이다.
그것을 모른다면 불행한 사람이다."

- 나폴레온 힐

"그러면 위대한 꿈을 이루기 위해서는 어떻게 해야 하나요?"
"위대한 계획을 세우는 거지."
"위대한 계획을 세우면 저절로 이루어지나요?"
"그것은 아니지. 하지만 계획을 세우면 행동하게 되지. 계획을 세우
 지 않으면 절대로 행동하지 않게 되지."
"위대한 꿈을 위해서 중요한 것은 무엇인가요?"
"그것은 자신의 꿈이 반드시 이루어질 것이라고 믿는 거지."

"세상에서 가장 위대한 것은 우리가 있는 곳에 존재하지 않는다.
우리가 움직이는 방향에 존재한다."

- 올리버 웬델 홉스

9

이상적 자아냐, 현실적 자아냐

> "성공의 척도는 단순히 돈을 모으는 것이 아니라 좀 더 높은 이상을 품을 수 있는가에 달렸다. 이런 성공을 열망하는 사람은 스스로 적극적으로 추구하는 이상을 마음속에 품고 있어야 한다."
>
> - 찰스 해낼

"이상적인 자아로 살아라."

"그 말은 무엇인가요?"

"그것은 자신이 바라는 자아로 살라는 것이지."

"그러면 자아는 무엇인가요?"

"자신이 생각하는 자신의 모습이지."

"그러면 이상적인 자아로 살아가라는 것은 어떤 의미인가요?"

"그것은 자신이 바라는 최고의 삶을 살아가라는 거지."

"그러면 현실적인 자아는 무엇인가요?"

"지금 현실에서 살아가고 있는 자신의 모습을 말하지."

"현실적인 자아와 이상적인 자아는 어떻게 다른가요?"

"그것은 현실에서 살아가는 자신과 자신이 꿈꾸는 모습이지."

"현실적인 자아가 이상적인 자아로 바뀌나요?"

"그렇지. 그래서 현실적인 자아가 이상적인 자아로 되는 것이 성공이지."

"그러면 성공한 사람은 이상적인 자아로 살아가나요?"

"평범한 사람들은 현실적인 자아로 살아가지. 하지만 성공한 사람은 이상적인 자아로 살아가지."

"그 말은 무슨 뜻인가요?"

"성공은 자신이 바라는 최고의 모습으로 살아가는 것이지."

"성공은 성공을 의식하는 사람들에게 온다."

- 나폴레옹 힐

"그러면 이상적인 자아로 살아가기 위해서는 어떻게 해야 하나요?"

"그것은 현실에서 이상을 품고 살아가는 거지."

"그 말은 무슨 뜻인가요?"

"그것은 몸은 현실에서 살아가지만 생각은 이상으로 살아가는 거지."

"그러면 결국 생각이 중요하네요."

"그렇지. 평범한 사람들은 현실을 보며 살아가지. 하지만 성공한 사람은 이상을 꿈꾸며 살아가지."

"이상적인 삶은 어떤 것인가요?"

"자신이 생각하는 가장 멋진 사람이 되는 거지."

"그러면 자신이 생각하는 가장 멋진 사람으로 살아가라는 것인가요?"

"그렇지. 우리는 자신이 생각하는 것보다 훨씬 더 멋진 사람이지. 비록 현실에서는 어렵고 힘들더라도 언제나 마음에는 가장 멋진 사람으로 살아가라는 거지."

"왜 우리가 이상적인 자아로 살아가야 하나요?"

"그것은 이상적인 자아로 살아가면 현재를 행복하게 살아가기 때문이지."

"사상이나 이상을 갖고 살아가는 것은 영원한 기쁨이며 즐거움의 꽃이다."

- 에머슨

"그런데 왜 우리가 이상적인 자아로 살아가야 하나요?"

"그것은 우리가 믿는 대로 되기 때문이지."

"그 말은 무슨 뜻인가요?"

"우리가 생각하는 것이 현실이 된다는 거지."

"그 말은 우리가 살아가는 현실이 아니라 우리가 생각하는 대로 현실이 된다는 것인가요?"

"그래. 그래서 항상 좋은 것을 생각해야 하지. 좋은 것을 생각하면 좋은 것이 오게 마련이지."

"그러면 우리가 이상적인 자아를 의식하면 이상적인 삶을 살아가게 되나요?"

"그렇지. 자신이 이상적인 자아로 살아가야지. 그러면 이상적인 자아가 현실이 되지."

"그러면 성공은 더 높은 이상을 가지고 살아가는 것이네요"

"그렇지. 성공하고자 하는 사람은 높은 이상을 추구하며 살아가지."

"당신이 할 수 있는 가장 커다란 모험은 당신이 꿈꾸던 삶을 사는 것이다."

- 오프라 윈프리

"그러면 이상적인 자아로 살아가면 어떻게 되나요?"

"자신이 추구하는 이상을 가지고 살아가면 온 우주로부터 이상을 끌어당기게 되지."

"그것은 무슨 뜻인가요?"

"자신이 생각하고 느끼고 행동하는 것은 지금까지 자신이 끌어들인 것이지."

"그러면 자신의 내면에 가지고 있는 것이 중요하네요."

"그렇지. 그 이유는 자신이 내면에 있는 것을 외부로부터 끌어오기 때문이지."

"당신이 생각하고 느끼고 행하는 것은 당신이 보고, 듣고,
끌어들이는 것이다."

- 제임스 알루처

"그러면 이상적인 자아로 살아가기 위해서는 어떻게 해야 하나요?"
"먼저 자신이 꿈꾸는 삶이 있어야 하지. 그리고 그러한 삶을 살아갈
　수 있다는 믿음이 있어야 하지."
"어떤 환경에서도 자신이 꿈꾸는 이상적인 삶을 살아갈 수 있나요?"
"그렇지. 중요한 것은 우리가 그러한 삶을 살겠다고 생각하는 거지."
"그러면 어떻게 달라지나요?"
"지금까지 자신이 가지고 있던 시야가 넓어지게 되지."
"그러면 어떤 것들이 달라지나요?"
"이제까지 보이지 않던 것들이 보이게 되지. 그래서 그러한 기회를
　통하여 많은 변화와 성장을 하게 되지."

"더 높은 차원에 도달해 더 넓은 시야를 가지게 된다면 성장에
필요한 것을 깨닫는 능력이 점점 높아지게 된다."

- 찰스 해낼

10 풍요의 존재냐, 결핍의 존재냐

"마음에 풍요를 심어라."

- 이건희

"풍요의 존재로 살아라."

"그 말은 무슨 뜻인가요?"

"자신이 모든 것을 이미 가졌다고 생각하라는 거지."

"그런데 현실에서는 어렵고 힘들게 살아가는데 어떻게 그렇게 생각
 할 수 있나요?"

"현실에서 아무리 어렵고 힘들어도 생각은 이미 모든 것을 가졌다
 고 생각하라는 거지."

"그게 가능한가요?"

"그렇지. 아무리 현실이 힘들어도 자신이 원하는 생각을 할 수 있지."

"그렇게 풍요의 존재로 살아가면 무엇이 달라지나요?"

"항상 자신이 가난하다는 것만 생각하는 사람은 절대로 부자가 될

수 없지. 자신이 부자라고 생각하는 사람만 부자가 될 수 있지."

"부자 마인드로 살아야 부자가 되겠네요."

"그렇지. 중요한 것은 현실이 아니라 생각이지. 어떤 생각을 가지느
냐에 따라 현실이 달라지지."

"그래서 자신이 원하는 것을 생각하면 자신이 원하는 것을 갖게 되
나요?"

"그렇지. 마치 철이 자석을 끌어당기는 것처럼 자신이 원하는 것을
끌어당기게 되지."

"풍요의 의식은 철이 자석에 달라붙듯 부를 끌어당긴다."

- 브라이언 트레이시

"그러면 자신이 원하는 현실을 만들려면 먼저 그러한 생각으로 살
아야 하겠네요."

"그래. 자신이 부자라고 생각하면 언젠가는 부자가 될 수밖에 없지.
그리고 자신이 가난하다고 생각하는 사람은 절대로 부자가 될 수
없지."

"세상에 가난하게 살고 싶은 사람이 어디에 있나요?"

"그래. 그런데 사람들은 현실에서 결핍을 생각하면서 살아가지."

"자신이 부족하다고 생각하면서 살아가나요?"

"맞아. 그런데 부자는 자신이 모든 것을 가진 부자로 살아가지."

"그러면 우리가 왜 풍요의 존재로 살아가야 하나요?"

"그것은 먼저 마음에 풍요가 있는 존재로 살아가는 것이 부와 성공을 가져오는 비결이기 때문이지."

"왜 그런가요?"

"그것은 자신의 마음에 풍요가 있어야 우주로부터 풍요를 끌어오게 되기 때문이지."

"그러면 이것은 우주의 법칙인가요?"

"그래. 중력의 법칙과 같이 온 우주 만물에 똑같이 적용되는 법칙이지."

"그러면 풍요가 우주의 법칙이라는 것은 어떻게 알 수 있나요?"

"우주의 별은 무한하지. 바다는 무한한 에너지를 가지고 있지."

"풍요는 우주의 자연스러운 법칙이다."

- 찰스 해낼

"그러면 가난한 사람은 마음에 풍요가 없기 때문인가요?"

"그렇지. 그래서 자신이 현재 마음에 가지고 있는 것이 중요하지. 모든 것은 자신으로부터 나온 거지."

"하지만 가난하게 태어난 것처럼 외부의 환경이 어려운 것은 자신의 탓이 아니잖아요?"

"그렇지. 아무리 가난하게 태어나도 자신이 풍요의 존재로 살아가면 반드시 성공하게 되지. 반대로 아무리 부유하게 태어났더라도 결핍의 존재로 살아가면 가난하게 살아가지."

"이 말은 만일 인생에서 부자가 되고 성공하고 싶다면 먼저 마음에 풍요가 있는 존재로 살아가야 한다는 것이네요."

"그렇지. 마음에 풍요가 넘치는 사람은 성공할 수밖에 없지. 반대로 결핍의 존재로 살아가는 사람은 절대로 성공할 수 없지."

"그러면 자신이 풍요를 원하면 먼저 마음에 풍요를 생각해야 하겠네요."

"그렇지. 그러면 마음속에 있는 풍요가 우주로 전해져서 자신에게 돌아오게 되지."

"만약 자신의 인생에서 풍요로움을 표현하고 싶다면 풍요로운 자신을 마음속으로 생각할 필요가 있다."

- 찰스 해낼

"풍요의 존재로 살아가면 행복하나요?"

"풍요의 존재로 살아가는 사람은 행복하지. 행복하게 살아가려면 마음에 풍요를 심어야 하지."

"그 이유는 무엇인가요?"

"마음에 이미 모든 것을 가지고 있다고 생각하는 사람은 항상 긍정적이지. 그리고 사랑이 가득한 사람이지. 그래서 좀 더 나은 세상을 위해서 자신의 마음속에 가지고 있는 것을 나누게 되지."

"그래서 다른 사람을 행복하게 하고 자신이 행복하게 살아가나요?"

"그렇지. 자신이 풍요로운 세상을 만들지."

"이렇게 풍요의 존재로 살아가면 어떻게 되나요?"
"그것은 아름다운 영혼을 가진 사람들과 풍요가 넘치는 세상에서
 행복하게 살아가지."

"눈에 보이는 대로의 삶, 사람, 사물, 문학, 음악에 관심을 가져라.
풍요로운 보물과 아름다운 영혼, 흥미로운 사람들로 넘쳐나는
세상에 가슴이 뛴다. 자신을 잊어라."

- 헨리 밀러

"그러면 우리가 풍요의 존재로 살아야 하는 중요한 이유가 있나요?"
"그것은 우리가 생각하지 못하는 더 좋은 기회를 갖게 되기 때문이지."
"그래서 풍요의 존재로 살아가면 많은 행운이 오네요."

"번영과 부유함에 대해 생각하고 그것에 대해 말하는 습관을
들인다면 더 많은 기회와 새롭고 예기치 않은 찬스가 다가올 것이다.
습관은 자석처럼 성공을 끌어들인다."

- 나폴레온 힐

11
자신이 환경을 만드냐,
환경이 자신을 만드냐

"나는 내 환경의 산물이 아니다. 나는 내 결정의 산물이다."

- 스티븐 코비

"자신이 환경을 만들어라."

"그 말은 무슨 뜻이죠?"

"자신이 심리적 환경을 만들라는 거지."

"그것을 어떻게 만드나요?"

"그것은 자신의 생각과 행동을 바꾸라는 거지."

"왜 자신을 바꾸어야 하나요?"

"자신의 생각과 행동을 바꾸면 인생이 달라지기 때문이지."

"그러면 어떤 점이 좋아지나요?"

"자신이 원하는 인생을 살아가게 되지."

"그런데 왜 자신을 변화시키면서 살아가야 하나요?"

"그것은 온 우주 만물이 변하기 때문이지."

"온 우주 만물이 어떻게 변하나요?"

"우리 몸의 세포는 약 11개월에 한 번씩 대부분 바뀌고 있지."

"그러면 우리의 몸이 11개월이 되면 새로운 몸이 되네요."

"그렇지. 이렇게 이 세상 모든 만물은 항상 변하고 있지."

"또 어떤 것들이 변하나요?"

"강물은 바다로 쉬지 않고 흐르지. 그리고 하늘에는 구름도 쉬지 않
 고 흘러가지."

"그러면 만물의 본질은 변화라고 할 수 있네요."

"그래. 그래서 자신을 변화시키는 종만이 살아남지."

"그러면 자신을 변화시키지 못하면 생존할 수 없겠네요."

"그렇지. 그래서 생존의 필수 조건은 변하는 것이지."

"가장 강한 종이나 가장 똑똑한 종이 살아남는 것은 아니다.
변화에 가장 잘 적응하는 종이 살아남게 되는 것이다."

- 찰스 다윈

"그러면 우리는 어떻게 변해야 하나요?"

"생각을 바꾸고 행동을 바꾸어야 하지."

"왜 생각을 바꾸어야 하나요?"

"생각을 바꾸면 새로운 시선으로 세상을 바라보게 되지. 그래서 새
 로운 사람이 되고 새로운 인생을 살아가게 되지."

"생각만 바꾸어도 그렇게 되나요?"

"그렇지. 지금과 다른 새로운 세상을 보게 되지. 그것이 생각이 가지고 있는 힘이지."

"그러면 행동은 왜 바꾸어야 하나요?"

"행동은 성취하는 거지. 그래서 행동하지 않으면 자신이 원하는 것을 절대로 얻을 수 없지."

"그러면 행동을 바꾸면 어떻게 되나요?"

"행동을 바꾸면 지금과는 다른 새로운 결과를 가져오지."

"우리가 변해야 하는 중요한 이유가 있나요?"

"그래. 그것은 우리가 변화를 통해서만 성장할 수 있기 때문이지."

"그러면 변하지 않으면 성장하지 못하겠네요."

"그래. 그래서 오직 자신을 변화시키는 것에 집중해야 하지."

"우리가 변한다고 해서 더 나아질 것이라고는 장담할 수 없다.
하지만 더 나아지기 위해서는 반드시 변화해야 한다."

- 리히텐베르크

"그런데 왜 사람들은 변화를 싫어하나요?"

"그 이유는 변화가 어렵고 힘들기 때문이지."

"그러면 변하지 않으면 어떻게 되나요?"

"그러면 자신이 성장하지 못하고 실패한 인생을 살아가게 되지."

"이렇게 자신을 변화시키기 위해서 가장 중요한 것이 무엇인가요?"

"그것은 자신의 마음을 바꾸는 거지. 자신의 마음을 바꿀 수 있는 사람은 언제든지 변하게 되지."

"자신의 마음을 바꿀 수 없는 사람은 아무것도 바꿀 수 없다."
- 조지 버나드 쇼

"그런데 변화가 어려운 이유는 무엇인가요?"

"그것은 저항하기 때문이지."

"어떻게 저항하나요?"

"먼저 무의식이 저항하지. 그래서 결국 자신이 생각한 대로 변하지
 못하게 되지."

"그러면 어떻게 해야 하나요?"

"그래서 자신이 변하기 위해서는 무의식의 힘을 활용해야 하지."

"어떻게 무의식의 힘을 활용하나요?"

"그것은 시도를 아주 작게 하는 거지. 운동의 경우 팔굽혀펴기를 한
 번하는 거지."

"그러면 무의식이 거부하지 않나요?"

"그렇지. 그러면 무의식이 '한 번은 할 수 있지'라고 생각하지."

"그러면 좀 더 쉽게 변하는 방법이 있나요?"

"그것은 이렇게 새로운 것을 시도하는 거지."

"그 이유는 무엇인가요?"

"그것은 기존의 것을 바꾸는 것이 매우 어렵기 때문이지."

"변화에서 가장 힘든 것은 새로운 것을 생각해내는 것이 아니라
이전에 가지고 있던 틀에서 벗어나는 일이다."

- 케인스

"기존의 것을 바꾸는 것이 어렵다는 것은 무슨 뜻인가요?"
"그것은 엄청난 에너지가 필요하다는 거지."
"그러면 새로운 것을 시도하는 것은 상대적으로 적은 에너지가 필
   요하겠네요."
"그렇지. 그래서 새로운 시도를 하면 자연스럽게 기존의 것을 바꾸
   게 되지."

"가난하게 태어난 것은 당신의 잘못이 아니다.
하지만 가난하게 죽는 것은 당신의 잘못이다."

- 빌 게이츠

12

자신이 상황을 만드냐,
상황이 자신을 만드냐

"만약 당신이 무언가가 싫다면 그것을 바꿔라. 만약 당신이 그것을 바꿀 수 없다면 그것에 대한 당신의 생각을 바꿔라."

- 메리 엔젤브레이트

"자신이 상황을 만들어라."

"상황은 무엇인가요?"

"일이 되어가는 과정이지."

"우리가 어떻게 상황을 만들 수 있나요?"

"자신의 생각이 상황을 만드는 거지."

"어떻게 생각이 상황을 만드나요?"

"우리가 가진 생각에 따라 다른 상황이 만들어지지."

"예를 들어 설명해 줄 수 있나요?"

"자신이 상대방에 대해서 부정적으로 생각한다고 가정해 보자. 그
러면 상대방과 갈등하게 되지."

"그러면 이런 경우에 부정적인 생각이 갈등 상황을 만든 것인가요?"

"그렇지. 반대로 상대방을 긍정적으로 생각한다고 생각해 보자. 그러면 상대방과 서로 소통하게 되지."

"그러면 이런 경우 긍정적인 생각으로 소통을 잘하게 되나요?"

"그렇지. 이렇게 우리의 생각이 상황을 만들지. 즉 긍정적인 생각은 긍정적인 상황을 만들지. 그리고 부정적인 생각은 부정적인 상황을 만들지."

"그러면 우리가 생각을 바꾸면 상황을 바꿀 수도 있나요?"

"그렇지. 부정적인 생각을 긍정적으로 바꾸면 갈등 상황에서 소통을 잘하는 상황이 되지."

"이렇게 상황은 생각이 만드네요."

"그렇지. 그래서 자신이 원하는 상황으로 바꾸려면 생각을 바꾸면 되지."

"상황을 바꿔야 한다면 나 자신부터 바꿔야 한다."

- 로버트 기요사키

"상황은 어떤 상태를 말하나요?"

"상황은 에너지의 상태이지."

"그것은 무슨 뜻인가요?"

"갈등과 같은 부정적인 상황은 에너지가 낮은 상태이지. 그리고 사랑과 같은 긍정적인 상황은 에너지가 높은 상태이지."

"그러면 에너지 상태가 낮으면 높게 만들어야겠네요."

"그렇지. 그런데 이러한 에너지 상태는 생각이 만드는 거지."

"그러면 결국 자신이 상황을 만드네요."

"그렇지. 자신이 원하는 상황을 자신이 만드는 거지."

"그런데 사람들은 상황이 자신의 운명을 만든다고 생각하는데요."

"그렇지. 하지만 자신의 생각이 품고 몸이 믿는 것이 현실을 만들지."

"그러면 자신의 생각이 현실을 만드네요."

"그렇지. 그래서 자신이 어떤 생각을 하느냐가 중요하지."

"마음이 무엇을 품고 몸이 무엇을 믿는 것이 그것을 현실로 이룬다."

- 나폴레온 힐

"이렇게 자신이 살고 있는 세상은 자신의 생각이 만드네요."

"그래. 자신의 상황은 자신의 생각이 만든 거지."

"그러면 이 세상은 자신이 어떻게 생각하느냐에 따라 세상이 만들
  어지겠네요."

"그렇지. 이 세상은 좋은 것도 나쁜 것도 아니지. 단지 자신의 생각
  이 그렇게 만들 뿐이지."

"그것은 무슨 뜻인가요?"

"예를 들어 돈은 좋은 것도 아니고 나쁜 것도 아니지. 단지 우리가
  돈이 좋다고 생각하고 나쁘다고 생각할 뿐이지."

"그렇게 좋고 나쁜 것은 자신이 그렇게 생각한 것인가요?"

"그렇지. 모든 것은 자신의 생각이 만든 거지."

"그러면 어떻게 세상을 바라보아야 하나요?"

"그래서 항상 세상을 긍정적으로 바라보아야 하지."

"그 이유는 무엇인가요?"

"그래야 자신이 행복하게 살아가기 때문이지."

"그러면 인생을 행복하게 살아가는 비결은 무엇인가요?"

"그것은 항상 모든 것에서 좋은 것만 보는 거지. 그리고 나쁜 것을
  보지 않는 거지."

"세상에 딱히 좋거나 나쁜 것은 없다. 우리가 그렇게 생각할 뿐이다."

- 윌리엄 셰익스피어

"그러면 자신의 생각이 우리를 어떻게 만드나요?"

"어제 자신의 생각이 오늘의 나를 만들었지."

"그 말은 무슨 뜻인가요?"

"어제의 자신이 생각한 결과가 오늘의 현실로 만들어진 거지."

"그러면 오늘 나의 생각이 내일의 나를 만드는 것인가요?"

"그렇지. 오늘 내가 한 생각이 내일 현실로 만들어지지."

"그러면 내가 지금 가지고 있는 생각이 정말 중요하네요."

"그렇지. 지금 자신이 가지고 있는 생각이 결국 자신의 운명을 만들지."

"그러면 항상 긍정적이고 좋은 생각을 하며 살아야 하겠네요."

"그렇지. 그런데 사람들은 이렇게 자신의 생각이 자신의 인생을 만

든다는 생각을 하지 않고 살아가지."

"어제의 내 생각이 오늘의 나를 만들었다. 오늘의 내 생각이
의 내일을 만든다."

- 레인 앨런

"그러면 자신이 상황을 만들기 위해서는 어떤 생각으로 살아야 하
나요?"
"그것은 주인으로 살아가는 거지."
"그 이유는 무엇인가요?"
"그것은 어떤 상황에서도 자신이 주인으로 살아가면 자신이 원하는
인생을 살아가기 때문이지."

"변화를 받아들이는 가장 좋은 비결은 낡은 것과 싸우지 말고
새로운 것을 만드는 데 모든 에너지를 집중하는 것이다."

- 소크라테스

13

자신을 이끄는 사람이냐,
타인을 이끄는 사람이냐

"리더는 타인을 이끄는 사람이 아니다. 참된 리더는 자신을 이끄는
사람이다."

— 보도 섀퍼

"자신을 이끄는 사람이 되어라."

"그 말은 무슨 뜻인가요?"

"자신이 원하는 생각과 행동으로 살아가라는 거지."

"그것은 다른 사람의 영향을 받지 않고 자신이 원하는 인생을 살아
가라는 것인가요?"

"그렇지. 자신이 나아가야 할 목표를 정하고 그것에 따라 일관성 있
게 살아가라는 거지."

"그렇지만 현실에서 그렇게 살아간다는 것은 어려운 일이에요."

"그렇지. 그렇지만 자신이 원하는 성공을 하기 위해서는 자신을 이
끄는 사람이 되어야 하지."

"자신을 이끄는 사람은 어떤 사람인가요?"

"아무리 어렵고 힘든 외부의 장애물에도 불구하고 자신이 원하는 것을 성취하는 사람을 말하지."

"그것은 마치 강물처럼 살아가는 사람이네요."

"그렇지. 그래서 강물은 가는 길에 장애물을 만나면 굽히고 돌아서 마침내 바다에 이르게 되지."

"그것은 인생을 유연하게 살아가라는 거네요."

"그렇지. 인생을 가볍고 자유롭게 살아가라는 거지."

"물은 자신 앞에 나타난 모든 장애물을 스스로 굽히고 적응함으로써 마침내 바다에 이른다. 적응하는 힘이 자유로워야 자신에게 달려오는 운명에 유연히 대처할 수 있다."

- 노자

"한마디로 자신을 스스로 통제할 줄 아는 사람인가요?"

"그렇지. 어떤 상황에서도 자신을 통제할 수 있어야 하지."

"그러면 그것은 자신의 생각과 감정을 조절하는 것을 말하네요."

"그래. 자신의 생각과 감정을 상황에 맞게 자유롭게 조절할 줄 알아야 하지."

"자신을 이끄는 것은 무엇을 말하나요?"

"그것은 자신을 이기는 거지."

"자신을 이기는 것은 누구나 가능하나요?"

"아니지. 인생에서 가장 어려운 일이지. 그리고 상대적으로 다른 사람을 이끄는 것은 쉬운 일이지."

"그러면 두 가지는 별개의 것인가요?"

"그렇지는 않지. 자신을 이끄는 사람이 타인을 이끌 수 있지. 하지만 타인을 이끄는 사람이 반드시 자신을 잘 이끌지는 않지."

"그러면 다른 사람을 이끌기 위해서는 어떻게 해야 하나요?"

"그것은 자신을 낮추는 거지. 그리고 항상 자신보다 상대방을 더 높게 생각하는 거지."

"겸손이란 자기 자신을 낮추는 것이 아니라 자신을 덜 생각하고, 남을 더 생각하는 것이다. 겸손 없이 다른 사람들을 이끌고 격려하는 것은 불가능하다."

- 릭 워렌

"겸손하게 자신을 낮춘다는 것은 무슨 뜻인가요?"

"그것은 자신보다 상대방을 중심에 둔다는 거지."

"상대방과 대화할 때 상대방에게 집중한다는 것인가요?"

"그렇지. 상대방의 필요와 요구에 집중하는 거지."

"상대방의 필요와 요구에 집중하기 위해서는 어떻게 해야 하나요?"

"자신을 이끄는 사람이 되어야 하지."

"그러면 자신을 이끄는 사람만이 타인을 이끄는 사람이 될 수 있나요?"

"그렇지. 타인을 이끄는 사람이 되기 위해서는 먼저 자신을 이끄는 사람이 되어야 하지.”

“그러면 자신이 이끄는 사람이 되기 위해서 무엇이 중요한가요?”

“그것은 늘 의식이 깨어있는 거지. 그리고 어떤 상황에서도 흔들리지 않는 평정심을 유지하는 거지.”

“그러면 왜 이러한 평정심이 자신을 이끄는데 도움이 되나요?”

“그것은 자신의 감정이 외부의 영향을 받지 않기 때문이지. 그래서 항상 자신이 원하는 생각을 하게 되지.”

“이렇게 자신을 이끄는 사람이 되기 위해서는 어떻게 해야 하나요?”

“그것은 자신의 가치를 발견하는 거지.”

“그 이유는 무엇인가요?”

“그것은 자신의 가치를 모르는 사람은 자신을 함부로 대하기 때문이지. 그래서 자신을 이끄는 사람이 될 수 없지.”

“먼저 자신의 가치를 발견하라. 이것만큼 소중한 것은 없다.
자신의 가치를 발견하지 못한 사람은 자신을 함부로 대한다.”
- 장자

“자신의 가치는 무엇을 말하나요?”

“그것은 자신의 영혼과 일치하는 것을 말하지.”

“그것은 무엇을 말하나요?”

“그것은 진리에 따라 살아가는 것을 말하지.”

“그러면 진리를 목표로 살아가면 자신의 가치를 높게 하는 것이네요.”

"그렇지. 자신의 가치를 결정하는 것은 물질적인 것이 아니라 정신
 적인 거지."

"자신의 가치를 결정짓는 것은 사회적 명예나 많은 재산이 아니라
자신의 영혼과 얼마나 일치되어 있는가이다."

- 법정 스님

"그러면 어떻게 자신을 이끌어야 하나요?"
"그것은 자신의 목표를 향해 자신을 이끌어야 하지."
"그러면 자신이 꿈꾸는 목표를 바라보고 살아가야 하네요."

"진정한 경영자는 언제까지나 꿈을 잃지 않는 사람이다.
그리고 그 꿈을 아낌없이 논하는 사람이다."

- 오아키 마사나오

14

자신이 만든 세상이냐,
타인이 만든 세상이냐

"오직 한 가지 성공이 있을 뿐이다. 바로 자기 자신만의 방식으로
삶을 살아갈 수 있는가이다."

- 크리스토퍼 몰리

"자신이 만든 세상을 살아가라."

"그 말은 무슨 뜻인가요?"

"자신이 원하는 세상을 살아가라는 거지."

"그것은 자신이 주인으로 살아가는 세상인가요?"

"그래. 자신이 주인으로 이 세상을 살아가라는 거지."

"그런데 정말로 이 세상에서 자신이 주인인가요?"

"그럼. 이 세상의 주인은 바로 자기 자신이지."

"그것을 어떻게 증명할 수 있나요?"

"내가 원하면 이 세상이 순식간에 사라지게 할 수 있지."

"그것을 어떻게 하나요?"

"내가 눈을 감으면 이 세상이 순식간에 사라지지."

"그것이 의미하는 것은 무엇인가요?"

"그것은 이 세상이 자신의 의지에 따라 존재하기도 하고 사라지기도 한다는 거지."

"또 다른 증거가 있나요?"

"자신이 죽으면 이 세상이 사라지지."

"한 사람이 죽는다고 해서 이 세상이 사라지지는 않잖아요."

"그렇지. 하지만 자신의 입장에서 이 세상이 사라지는 거지."

"그러면 왜 사람들은 자신이 만든 세상을 살아가지 못하나요?"

"사람들은 다른 사람이 만든 세상을 살아가고 있기 때문이지."

"그러면 그것은 다른 사람이 원하는 사람이 되는 것인가요?"

"그렇지. 그래서 자신이 원하는 사람이 되어야지."

"인생의 가장 큰 후회 중 하나는 스스로 원하는 사람이 아닌 다른 사람이 원하는 사람이 되는 것이다."

- 섀넌 앨더

"그러면 인생은 어떤 의미가 있나요?"

"인생은 자신을 만드는 과정이지."

"그 말은 무슨 뜻인가요?"

"인생은 자신을 찾는 과정이 아니라는 거지."

"그것은 인생이 이미 결정되어 있는 것이 아니라는 것인가요?"

"그렇지. 인생은 자신이 스스로 만들어 가는 과정이라는 거지."

"그러면 인생은 자신이 원하는 대로 만들어 가네요."

"그렇지. 그리고 그런 생각으로 살아가야 하지."

"그렇지 않으면 어떻게 되나요?"

"인생을 주어진 대로 살아가게 되지."

"그러면 다른 사람이 만든 세상을 살아가겠네요.

"그래. 그래서 불행하고 실패한 인생을 살아가지."

"삶은 자신 자신을 찾는 여정이 아니다.
자기 자신을 만드는 과정이다."

- 조지 버나드 쇼

"그러면 중요한 것은 이러한 세상을 자신이 만들어 가네요."

"그렇지. 사람들이 세상을 자신의 생각으로 만들어 가는 거지."

"그러면 핵심은 자신이 원하는 생각으로 살아가는 세상이라고 할
  수 있네요."

"그래. 만일 그렇지 않으면 다른 사람이 원하는 세상을 살아가게
  되지."

"그러면 우리가 살아가면서 자신만의 세상을 창조 하네요."

"그렇지. 만일 그렇지 않으면 다른 사람이 창조한 세상을 지켜보며
  살아가게 되지."

"그러면 어떻게 세상을 창조하나요?"

"그것은 보이지 않은 것을 상상하는 거지."

"그러면 자신이 원하는 세상을 상상하며 살아가겠네요."

"그렇지. 그러면 자신이 원하는 세상을 살아가게 되지."

"존재하지 않는 것을 상상할 수 없다면 새로운 것을 만들어낼 수 없으며, 자신만의 세계를 창조하지 못하면 다른 사람이 묘사한 세계에 머무를 수밖에 없다."

- 폴 호건

"이렇게 자신이 원하는 세상을 살아가는 것이 천국이고 극락인가요?"

"그래. 사람들이 주인으로 살아가는 세상이 천국이고 극락이지."

"이렇게 사람들이 자신이 만든 세상을 살아가는 것이 가능한가요?"

"얼마든지 가능하지. 그것은 마치 우주에 수많은 별이 존재하는 것과 같은 거지."

"이렇게 자신이 원하는 세상을 살아가면 어떻게 되나요?"

"상대방이 만든 세상을 서로 존중하게 되지."

"그래요. 그러면 정말 존중과 사랑이 넘치는 세상이 되겠네요."

"그렇지. 그런데 사람들은 자신이 만든 세상을 살아가지 않고 있지."

"그 이유는 무엇인가요?"

"그것은 자신이 스스로 변하지 않기 때문이지."

"그러면 자신이 스스로 변해야 자신이 원하는 세상을 살아가는 것인가요?"

"그렇지. 그리고 사람들은 정작 스스로 변하겠다는 생각을 하지 않지."

"모두가 세상을 변화시키려고 생각하지만,
정작 스스로 변하겠다고 생각하는 사람은 없다."

- 톨스토이

"자신이 변하면 세상은 어떻게 되나요?"

"자신이 변하면 새로운 세상이 되지. 그리고 자신이 원하는 세상에
서 살아가지."

"자신이 원하는 세상에서 살아가는 비결은 무엇인가요?"

"그것은 자신의 생각이지. 자신의 생각이 세상을 만들지. 그래서 자
신이 만든 세상을 살아가지."

"우리는 어떠한 지배자 밑에 있는 것이 아니다.
자기 정신의 지배 아래 있다. 자기 힘으로 하라."

- 세네카

자신을 세상에 맞추냐,
세상을 자신에 맞추냐

15

"합리적인 사람은 자신을 세상에 맞춘다. 비합리적인 사람은
세상을 자신에게 맞추려고 애쓴다. 따라서 진보는 전적으로
비합리적인 사람에게 달려있다."

- 조지 버나드 쇼

"자신을 세상에 맞추어 살아라."

"그 말은 무슨 뜻인가요?"

"그것은 세상의 원리에 따라 살라는 거지."

"세상의 원리는 무엇인가요?"

"우리가 살고 있는 이 우주는 일정한 원리와 법칙에 따라 움직이지.
 그래서 그러한 법칙에 따라 살아야 한다는 거지."

"그러면 모든 우주 만물은 그러한 법칙에 따라야 하나요?"

"그렇지. 이 세상 아무것도 그러한 법칙을 거슬러 존재할 수 없지."

"우주의 법칙을 거슬리면 어떻게 되나요?"

"그러면 이 세상에 존재할 수 있는 것은 아무것도 없지."

"우리의 생존을 위해서 우주의 법칙에 따라서 살아야 하네요."

"그렇지. 진동은 우주의 법칙에 따라 움직이지. 만물의 본질은 진동
 이지. "

"그러면 온 우주 만물이 모두 진동하네요."

"그렇지. 모든 동물이나 식물도 진동으로 의사소통을 하지."

"시초부터 종말까지 모든 것은 우리가 통제할 수 없는 힘에 의해
결정된다. 별, 인간, 식물, 우주의 먼지뿐만 아니라 벌레 등
우리 모두 보이지 않는 저 먼 곳의 피리 부는 사람의 곡에 맞추어
춤을 출 뿐이다."

- 알버트 아인슈타인

"그러면 반대로 세상을 자신에게 맞추며 살아가는 사람도 있나요?"

"그렇지. 자신이 그렇게 할 수 있다고 착각하며 살아가는 사람들이
 있지."

"그런 사람들은 어떻게 살아가나요?"

"그런 사람들은 인생을 고달프게 살아가지. 그리고 자신이 성취할
 수 있는 것은 아무것도 없지. 그래서 불행하게 살아가지."

"그런데 왜 그렇게 살아가나요?"

"그것은 이 세상이 움직이는 원리나 법칙을 모르기 때문이지."

"그러면 세상이 움직이는 원리에 대하여 알아야 하겠네요."

"그렇지. 그래야 자신이 원하는 것을 성취하면서 살아가지."

"정말 알면 알수록 우주는 신비로운 세계이네요."

"그렇지. 신은 우주 만물에 대한 신비로움을 느끼는 것을 말하지."

"내게 신이란 우주 만물에 대한 나의 경외감이다."

- 알버트 아인슈타인

"우리가 살아가는 세상과 우주는 같은 것인가요?"

"그렇지. 우리가 살아가고 있는 이 세상이 우주지."

"그것은 어떻게 알 수 있나요?"

"우리가 생존하기 위해 반드시 필요한 물이나 햇빛, 공기는 모두 우주
 로부터 온 것이지. 그리고 우리가 살고 있는 지구가 바로 우주이지."

"이 세상이 우주네요."

"그래. 그래서 세상의 원리가 곧 우주의 원리이지."

"그러면 우주의 원리는 어떤 것인가요?"

"그것은 단순한 것이지. 그리고 아름다운 것이지."

"나는 우주의 원리가 아름답고 단순할 것이라고 굳게 믿는다."

- 알버트 아인슈타인

"그 말은 무슨 뜻인가요?"

"우주의 원리는 단순하면서 강력한 힘을 가지고 있다는 거지. 그리

고 그 자체로 조화롭고 아름답다는 거지."

"그러면 우주의 원리는 어떤 특징을 가지고 있나요?"

"그것은 서로 끌어당긴다는 거지."

"우리도 물체를 끌어당기나요?"

"그래. 그것을 끌어당김의 법칙이라고 하지."

"그러면 끌어당김의 법칙은 무엇인가요?"

"그것은 자신과 비슷한 것을 끌어당긴다는 거지."

"그러면 자신과 서로 다르면 끌어당기지 않겠네요."

"그렇지. 예를 들어 자석은 철을 끌어당기지. 하지만 나무는 끌어당
기지 않지."

"그래서 자신의 내면에 어떤 것을 가지고 있느냐가 중요하네요."

"그래. 자신의 내면에 긍정적인 에너지를 가지고 있으면 우주로부
터 긍정적인 것을 끌어당기지."

"그러면 자신의 내면에 부정적인 에너지를 가지고 있으면 우주로부
터 부정적인 것을 끌어당기네요."

"그렇지. 우주는 긍정적인 에너지를 좋아하지. 그리고 부정적인 에
너지를 싫어하지."

"그러면 자신이 긍정적인 에너지를 가지면 이 세상에서 우주의 주
인으로 행복하게 살아가네요."

"난 불가해한 우주가 고통을 축으로 돌고 있다고는 믿을 수 없어.
분명 어딘가엔 순수한 기쁨 위에 세워진 기이하고 아름다운

세상이 있을 거야!"

- 루이스 보건

"이렇게 우주의 원리를 알면 행복하게 살아가나요?"

"그렇지. 우주의 원리에 따라 살아가면 자신이 원하는 현실을 창조하게 되지."

"그 이유는 무엇인가요?"

"왜냐하면 그래야 우주의 무한한 에너지를 활용하기 때문이지."

"그래서 우리가 어떤 것을 성취하기 위해서는 우주의 원리에 따라 살아야 하네요."

"우주에서는 그 어떤 일도 우연히 일어나지 않으며, 만물은 신의 필요에 따라 특정한 방식으로 존재하고 작동하도록 되어 있다."

- 스피노자

16

삶을 목표에 맞추냐,
목표를 삶에 맞추냐

"삶에 목표를 맞추면 유리병 속 호박처럼 된다네.
목표에 삶을 맞춰야 한다네."

- 보도 섀퍼

"삶을 목표에 맞추며 살아라."

"그 말은 무슨 뜻인가요?"

"그것은 목표를 추구하며 살아가라는 거지."

"그러면 목표를 삶에 맞추어 살아간다는 것은 무슨 뜻인가요?"

"그것은 목표가 없이 현실에 맞추어 살아간다는 거지."

"그런데 왜 사람들은 현실에 맞추어 살아가나요?"

"그것은 자신이 인생의 목표가 분명하지 않기 때문이지."

"그러면 인생의 목표가 분명하지 않으면 목표를 삶에 맞추어 살아
가나요?"

"그렇지. 반면에 인생의 목표가 분명하면 삶을 목표에 맞추어 살아

가게 되지."

"그러면 그것들은 어떤 차이가 있나요?"

"삶을 목표에 맞추면 행복하게 살아가지. 그러나 목표를 삶에 맞추면 불행하게 살아가지."

"그 이유는 무엇인가요?"

"삶을 목표에 맞추어 살면 자신이 원하는 것을 성취하기 때문이지."

"그러면 목표를 삶에 맞추어 살면 자신이 가지고 있는 능력을 제대로 발휘하지 못하게 되겠네요."

"그렇지. 그래서 자신이 분명한 목표를 가지고 살아야지."

"할 수 있는 능력이 있는데도 불구하고 당신이 원하는 발전을
이루고 있지 못한다면 그것은 당신의 목적이 분명하지 않기
때문이다."

- 폴 메이어

"목표를 삶에 맞추면 자신이 가지고 있는 능력의 한계를 미리 정한다는 것인가요?"

"그렇지. 그래서 결과적으로 자신이 할 수 있는 것도 하지 못하게 되지."

"그러면 삶을 목표에 맞추어 살아간다는 것이 가능한가요?"

"물론 이렇게 살아간다는 것은 쉽지 않은 일이지."

"그러면 왜 우리가 큰 목표를 가지고 살아가야 하나요?"

"그래야 자신의 능력을 최대한 발휘하기 때문이지."

"그러면 그 과정에서 큰 성취감을 갖게 되겠네요."

"그렇지. 그런데 목표가 작으면 작은 성취감을 느끼게 되지."

"목표는 커야 한다. 작은 목표는 작은 성취감을 느끼게 할 뿐이다. 목표가 커야 성취감도 크고 자신의 능력을 극대화시킬 수 있다."

- 지그 지글러

"그런데 왜 우리가 목표를 추구하며 살아가야 하나요?"

"그것은 자신이 원하는 목표가 강한 힘을 주기 때문이지."

"그래서 현실이 아무리 힘들어도 포기하지 않고 자신이 원하는 것
 을 성취하게 되나요?"

"그렇지. 그래서 목표 의식이 뚜렷한 사람은 성공하게 되지."

"그러면 목표 의식이 없으면 어떻게 되나요?"

"자신이 살아가는 데 필요한 에너지가 없게 되지."

"그래서 현실을 살아가면서 아무것도 성취하지 못하게 되겠네요."

"그렇지. 그래서 인생을 불행하게 살아가지."

"명확한 목적이 있는 사람은 가장 험난한 길에서조차도 앞으로
나아가고, 아무런 목적이 없는 사람은 가장 순탄한 길에서조차도
앞으로 나아가지 못한다."

- 토머스 카알라일

"그러나 현실에서는 목표를 가지고 살아가는 것이 힘들어요."

"그렇지. 그렇지만 인생은 현실이 아니라 꿈을 가지고 살아가야 하지."

"그 이유는 무엇인가요?"

"꿈과 희망이 없는 인생은 아무 의미가 없기 때문이지."

"그러면 꿈과 희망이 없는 사람은 불행하게 살아가네요."

"그래. 인생은 고통의 시간을 견딘 사람만이 성공이라는 달콤한 열 매를 얻을 수 있지. 세상에 공짜는 절대로 없어."

"그러면 더 큰 성공을 원하면 더 큰 고통을 견뎌야 하나요?"

"그렇지. 그리고 작은 고통을 견디면 작은 성공을 얻게 되지."

"만약 성공을 원한다면 그 만큼 자신을 희생해야 한다.
큰 성공을 바란다면 큰 희생을, 더 이상 없을 만큼 큰 성공을
원한다면 더 이상 없을 만큼 큰 희생을 치러야만 한다."

- 제임스 앨런

"그러면 자신이 더 큰 고통을 환대해야 하겠네요."

"그래. 더 큰 고통이 온다고 느끼면 그 뒤에 더 큰 성공이 기다리고 있다는 것을 알아야 하지."

"사람들이 더 큰 고통을 싫어하는 이유는 무엇인가요?"

"그것은 사람들이 더 큰 고통 뒤에 있는 더 큰 성공을 보지 못하기 때문이지. 그리고 더 큰 고통만을 보기 때문이지."

"그러면 감각적으로 느끼는 고통이 아니라 자신이 원하는 목표를

가지고 살아야 하겠네요."

"그렇지. 자신이 원하는 목표를 가지면 어떠한 고통도 견디게 되지."

"그러면 어떻게 목표를 세워야 하나요?"

"구체적이고 뚜렷한 목표를 세우는 거지."

"그리고 어떻게 목표를 행동으로 실천하나요?"

"그전에 자신이 세운 목표를 무의식에 저장해야 하지."

"그것은 어떻게 하나요?"

"자신이 반복적으로 자신의 목표를 떠올리는 거지."

"그러면 무의식에 저장이 되나요?"

"그렇지. 그래서 무의식에 저장이 되면 자연스럽게 행동하게 되지."

"행동하기 전에 구체적이고 명료한 목표를 세워라.
그것이 제 2천성이 되도록 마음속에 새겨라."

- 레스 브라운

17

평범한 것을 특별하게 하냐,
특별한 것을 평범하게 하냐

"젊은이가 범하는 가장 큰 죄악은 평범해지는 것이다.
젊음이 아름다운 이유는 무한한 가능성과 끝없는 도전을
꿈꿀 수 있기 때문이다."

- 오프라 윈프리

"평범한 일을 특별하게 해라."
"그 말은 무슨 뜻인가요?"
"그것은 평범한 일이라도 최선의 결과를 가져오게 하라는 거지."
"평범한 일이라는 것은 무슨 뜻인가요?"
"매일 일상적으로 하는 일이지."
"그런데 그것을 어떻게 특별하게 하나요?"
"그런 일들을 할 때 최상의 결과를 가져오라는 거지."
"어떻게 최상의 결과를 가져오나요?"
"그것은 자신이 하는 일에 무한한 열정을 쏟는 거지."

"그러면 어떻게 되나요?"

"자신이 최선의 결과를 얻게 되지."

"인간은 무한한 열정을 쏟는 일에서는 거의 반드시 성공한다."

- 찰스 슈왑

"그렇게 특별하게 하기 위해서는 어떻게 해야 하나요?"

"남들과 다른 시선으로 세상을 바라보는 거지."

"그러면 어떻게 되나요?"

"남들과 다른 생각을 하게 되지."

"그러면 남과 다른 아이디어를 갖게 되나요?"

"그렇지. 그래서 남들과 차별성을 갖게 되지."

"이렇게 평범한 것을 특별하게 하는 것이 성공의 비결인가요?"

"그렇지. 성공의 비결은 누구도 하지 않은 새로운 것을 시도하는 거지."

"그러면 다른 사람들이 하는 대로 똑같이 하면 성공할 수 없겠네요."

"그렇지. 누구도 가지 않은 새로운 길을 개척해야 성공하지."

"성공하기를 원하는가? 그렇다면 이미 개척해놓은 성공의 길이
아니라 그 누구도 가지 않는 새로운 길을 개척해야만 한다."

- 로드 파머스턴

"그런데 이렇게 새로운 길을 개척하는 것은 어려운 일인데요."

"그래. 쉽지 않지. 방법은 다른 시선으로 세상을 바라보고 다르게 생
 각하는 거지."

"그러면 어떤 시선으로 세상을 바라보아야 하나요?"

"중요한 것은 전체를 보는 거지. 그리고 상대방의 생각을 최대한 경
 청하는 거지."

"전체를 보아야 하는 이유는 무엇인가요?"

"전체를 보아야 다른 사람들이 보지 못하는 것을 볼 수 있기 때문이지."

"그런데 이렇게 전체를 보는 것이 가능한가요?"

"그럼. 그 이유는 우리 모두 특별한 능력을 가지고 있기 때문이지."

"그러면 왜 사람들은 평범한 것을 특별하게 하지 못하나요?"

"그것은 자신이 특별한 능력을 가지고 있다는 것을 느끼지 못하기
 때문이지."

"당신만이 느끼고 있지 못할 뿐… 당신은 매우 특별한 사람이다."

- 데스몬드 투투

"그러면 사물의 전체를 어떻게 보나요?"

"사물을 객관화하는 거지. 그래서 마치 신이 하늘에서 내려다보는
 것처럼 바라보는 거지."

"예를 들어서 설명해 줄 수 있나요?"

"그래. 종이 상자가 있다고 생각해 보자. 그러면 상자를 동서남북,
 위와 아래에서 보는 거지. 그리고 상자 안을 보는 거지."

"그것은 최대한 다양한 관점에서 사물을 보라는 것이네요."

"그렇지. 그리고 보이는 것뿐 아니라 보이지 않는 것을 보는 거지."

"그러면 사람을 대할 때는 어떻게 하나요?"

"그것은 상대방에게 최대한 경청하는 거지."

"그 이유는 무엇인가요?"

"누구나 나무를 보면 전체를 볼 수 없고 절반만 볼 수 있지."

"그러면 어떻게 해야 하나요?"

"나머지는 상대방에게 물어보아야 하지."

"그래서 상대방과 소통을 통해서 알게 된 것과 자신의 생각을 합해야 전체가 되네요."

"그렇지. 그래서 이렇게 항상 어떤 일이 있을 때 전체를 생각해야 하지."

"그 이유는 무엇인가요?"

"이렇게 전체를 보게 되면 새로운 통찰이 일어나지. 그래서 새로운 아이디어를 얻을 수 있지."

"그러면 이렇게 평범한 일을 특별하게 하기 위해서 중요한 것은 무엇인가요?"

"그것은 자신을 믿는 거지."

"그러면 어떻게 되나요?"

"강한 에너지를 갖게 되지. 그래서 평범한 일을 특별하게 하게 되지."

"그것은 어떤 일을 할 때 재능보다는 자신의 의지가 더 중요하겠네요."

"그렇지. 자신을 믿지 않으면 강한 의지를 가질 수 없지."

"자신을 믿어라. 어려운 일에서 성공하려면 자신을 굳게
믿어야 한다. 이것이 탁월한 재능을 지닌 사람보다 재능은
평범하지만 강한 투지를 가진 사람이 훨씬 더 성공하는 이유다."

- 소피아 로렌

"그러면 어떤 일을 특별하게 하기 위해서 자신에 대하여 어떻게 생
각해야 하나요?"
"자신을 특별한 존재로 생각해야 하지. 그리고 상대방을 특별한 존
재로 바라보아야 하지."

"자신이 특별한 인재라는 자신감만큼 그 사람에게 유익하고
유일한 것은 없다."

- 데일 카네기

18

모든 것이 기적이냐,
기적이 아니냐

"삶을 사는 방법은 딱 두 가지다.
하나는 아무것도 기적이 아닌 것처럼 사는 것이고,
다른 하나는 모든 것이 기적인 것처럼 사는 것이다."

- 아인슈타인

"모든 것이 기적인 것처럼 살아가라."

"그 말은 무슨 뜻인가요?"

"그것은 현재 자신이 가진 모든 것을 기적이라고 생각하라는 거지."

"이렇게 생각하면 무엇이 달라지나요?"

"가장 먼저 자신이 세상을 바라보는 시선이 달라지지."

"그러면 어떻게 되나요?"

"새로운 세상을 살아가게 되지."

"어떻게 새로운 세상이 되나요?"

"이 세상 모든 것들이 기적이 되지. 그리고 사람들을 위대한 존재로 바라보게 되지.”

“그러면 그러한 기적을 믿는 사람들에게만 기적이 오겠네요.”

“그렇지. 이 세상이 기적이라고 생각하지 않은 사람에게는 절대로
기적이 일어나지 않게 되지.”

“기적이란 기적을 믿는 사람들에게 일어나는 것이다.”

- 버나드 베런슨

“그러면 이 세상 모든 것이 기적이라고 하면 이전의 세상과 어떻게
달라지나요?”

“이 세상 모든 것들이 감탄의 대상이 되지.”

“그러면 어떻게 되나요?”

“그것들을 함부로 대하지 않고 소중하게 생각하지.”

“그러면 어떻게 되나요?”

“서로 존중하고 사랑으로 살아가지.”

“그러면 이 세상 모든 것들을 존중하고 사랑하라는 거네요.”

“그래. 그것은 우리가 살아가고 있는 모든 것들이 그 자체로 기적이
기 때문이지.”

“우리가 왜 이렇게 모든 것들이 기적이라고 생각해야 하나요?”

“그러면 자신이 매일 기적을 일으키기 때문이지.”

“어떻게 그것이 가능하나요?”

“그 이유는 그 사람이 자신에게 주어진 모든 것들을 진심을 가지고

정성으로 대하기 때문이지."

"나에게 주어진 매일매일 다 기적이다. 그렇기에 어느 하루라도 낭비하지 않을 것이다. 즉, 나에게 주어진 기적을 던져 버리는 행동은 하지 않겠다는 말이다."

- 켈리 빅스트롬

"우리가 살아가는 모든 것들이 기적이라는 것을 어떻게 알 수 있나 요?"

"예를 들어 우리의 뇌를 보자. 뇌가 스스로 작동하는 원리를 과학적 으로 완전히 이해하는 것은 불가능하지."

"그래서 인간이 사람의 뇌를 만들 수 없네요."

"그렇지. 그뿐만이 아니지. 동물들은 어떻게 의사소통을 하고 살아 가는지 알 수 없지."

"하지만 그들은 서로 의사소통을 하며 살아가잖아요."

"그렇지. 식물들은 어떤 과정을 거쳐서 자라는지 과학적으로 모두 이해하는 것은 불가능하지."

"그리고 햇빛이나 물과 공기로 지구에서 생명들이 살아가는 것도 기적이네요."

"그래. 이 우주에 존재하는 모든 것들은 기적이 아닌 것이 없지."

"삶은 기적이다. 당신도 기적이다. 달로 인해 밀물과 썰물이 생기는 것도 기적이다. 탄생은 기적이다. 당신의 탄생도 기적이다.
세포가 재생되는 것도 기적이다. 일출과 석양도 기적이다.
즉, 기적은 어느 곳에나 있고, 그런 기적들은 다 무료이다."

- 모니카 존스

"그러면 이렇게 모든 것들이 기적이라고 생각하면 어떤 것들이 달
라지나요?"

"그러면 하루를 기적처럼 살아가지. 그리고 모든 것들을 감사하게
되지."

"어떤 것들을 감사하게 되나요?"

"지금 자신이 숨을 쉬고 살아있다는 것 자체가 감사할 일이지. 그리
고 건강한 몸과 마음으로 매일을 살아가는 것도 감사할 일이지."

"그러면 감사하게 생각하지 않을 것들이 없네요. 그런데 우리가 살
아가면서 감사하지 않고 살아가나요?"

"그래. 이 세상 모든 것들이 너무 당연하다고 생각하는 거지. 그래서
모든 것들을 기적이라고 생각하지 않지. 그리고 감사하는 마음을
갖지 않지."

"그러면 이렇게 감사하는 마음으로 살아가야 하는 이유는 무엇인가
요?"

"자신이 강한 긍정적인 에너지를 갖게 되기 때문이지."

"그래서 행복하게 살아가네요."

"그렇지. 그래서 자신에게 일어나는 모든 기적 같은 일들에 대해 감

사하는 법을 배워야 하지.”

“당신 주변에서 일어나는 모든 기적같은 일에 감사하는 방법을
배웠을 때 얻을 수 있는 긍정적인 에너지의 힘을 절대
과소평가하지 마라.”

- 헨리 굿

“그래서 우리가 모든 것들을 기적이라고 생각하고 감사하는 마음으
로 하루를 살아야 하네요.”
“그래. 이렇게 생각하면 바로 이 순간 자신이 행복하게 살아가지. 그
리고 많은 것들을 성취하며 살아가지. 이것이 성공의 비결이지.”
“인생에서 행복하고 성공하는 것이 생각보다 정말 쉽네요. 그저 모
든 것들이 기적이라고 생각하고 감사하는 것이네요.”
“그래. 그러면 자신의 인생이 기적이 되고 자신이 하는 일들이 기적
이 되지. 왜냐하면 이 우주는 그 자체로 기적이기 때문이지.”

“삶이 쉽기를 바라지 말고 자신이 더 강한 사람이 되기를 바라라.
당신이 할 수 있는 정도의 일이 주어지기를 바라지 말고,
그 일을 할 수 있는 능력이 생기기를 바라라. 그렇게 되면 당신이
하는 일이 기적이 되는 것이 아니라, 당신 자신이 바로 기적이
될 것이다.”

- 필립스 브룩스

19 오늘이 마지막 날이냐,
영원한 날이냐

"지난 33년 동안, 매일 아침 거울을 들여다보면서 나 자신에게
물었다. 오늘이 인생의 마지막 날이라면, 지금 하려는 일을 오늘
하고 싶을까? 그리고 꽤 많은 날들 동안 연속으로 그 대답이
'아니다'라면, 내가 뭔가를 바꿔야 한다는 걸 알았다."

- 스티브 잡스

"오늘이 마지막 날인 것처럼 살아가라."
"그 말은 무슨 뜻인가요?"
"오늘까지만 살고 내일 죽는다고 생각하라는 거지."
"내일 당장 죽는다면 오늘이 마지막 날이네요."
"그래. 그렇게 생각하면 어떤 생각이 드니?"
"오늘을 아주 소중하게 살아갈 것 같아요."
"그렇지. 이렇게 성공한 사람들은 오늘이 마지막 날인 것처럼 살아
가지."

"그런데 이런 말이 실감이 나지 않아요."

"그렇지. 그러면 오늘 하루가 없다고 생각해 봐라."

"그러면 어떻게 되나요?"

"그러면 지금 할 수 있는 것은 아무것도 없지."

"이렇게 생각하면 지금 자신이 할 수 있는 일에 최선을 다하겠네요."

"그렇지. 이렇게 매 순간 오늘이 마지막 날이라고 생각하며 살아가 라는 거지."

"하루하루가 대단한 날이라는 생각이 들지 않는다면,
하루라는 것 없이 한번 살아보라."

- 짐 에반스

"그렇지 않고 자신이 영원히 산다고 생각하며 살아가면 어떻게 되 나요?"

"그러면 자신이 오늘 이 순간을 소중하게 생각하지 않고 지금 하고 있는 일에 최선을 다하지 않게 되지."

"그러면 어떻게 되나요?"

"자신의 인생을 쉽고 편한 것만을 추구하고 살아가지. 그리고 힘들 고 어려운 일들을 피하게 되지."

"그러면 어떻게 되나요?"

"자신이 할 수 있는 것은 아무것도 없게 되지."

"그러면 왜 성공한 사람들은 힘들고 어려운 일들을 하나요?"

"그것은 오늘이 마지막 날이라고 생각하기 때문이지. 그래서 지금 이 순간 자신에게 가장 중요한 일을 하지. 그래서 힘들고 어려운 일들을 스스로 선택하게 되지."

"그러면 내일 죽을 것처럼 오늘을 살아야 하겠네요."

"그래. 그리고 평생을 살 것처럼 꿈을 가지고 살아야지."

"평생 살 것처럼 꿈을 꾸어라. 그리고 내일 죽을 것처럼 오늘을 살아라."

- 제임스 딘

"오늘이 마지막 날이라고 생각하는 것만으로도 생각이 달라지겠네요."

"그래. 이렇게 생각이 달라지면 인생이 달라지지."

"그래서 새로운 인생을 살아가네요. 그리고 결국 성공하겠네요."

"그렇지. 그래서 자신의 생각이 중요하지. 자신에 대해서 어떻게 생각하는지, 어떤 생각으로 살아가는지가 인생을 결정하지."

"오늘이 마지막 날인 것처럼 매일을 살아가는 방법이 있을까요?"

"그래. 그것은 매 순간 자신에게 질문을 하는 거지."

"어떤 질문을 하나요?"

"'오늘이 마지막 날이라면 지금 하고 있는 일을 하고 있을까?' 혹은 '오늘이 마지막 날이라면 지금 내가 해야 할 가장 중요한 일은 무엇일까?'라고 말하는 거지."

"그러면 어떻게 되나요?"

"그러면 자신이 인생을 제대로 살아가게 되지."

"그 이유는 무엇이죠?"

"왜냐하면 오늘이 마지막 날이라고 생각하면 절대로 후회할 일은 하지 않게 되기 때문이지."

"하루하루를 인생의 마지막 날처럼 산다면 언젠가 당신은 바른 길에 서 있을 것이다."

"이렇게 자신에게 스스로 질문하면 어떤 효과가 있나요?"

"자신이 정말로 중요한 일을 하게 되지."

"그러면 매일 중요한 일을 하면서 살아가겠네요."

"그렇지. 그리고 오늘이 마지막 날인 것처럼 살아가면 오늘이 새로운 날인 것처럼 살아가게 되지."

"그 말은 무슨 뜻인가요?"

"매일 새로운 날인 것처럼 살아간다는 거지."

"오늘이 마지막 날인 것처럼 생각하는 것과 무엇이 다르나요?"

"오늘이 새로운 날인 것처럼 살아가면 더 많은 에너지를 갖게 되지."

"그러면 새롭게 도전을 할 수 있는 힘을 갖게 되나요?"

"그렇지. 그래서 긍정적인 생각으로 살아가게 되지."

"날마다 오늘이 마지막 날이라고 생각하라. 날마다 오늘이
첫날이라고 생각하라."

- 탈무드

"오늘이 마지막 날인 것처럼 살아라. 내일 죽는 것처럼 살아라. 오늘
　이 새로운 날인 것처럼 살아가라는 거네요."
"그래. 인생은 어떤 생각으로 살아가느냐, 세상을 어떤 시선으로 바
　라보느냐가 중요하지."
"이렇게 생각하면 자신이 가지고 있는 생각을 바꾸게 되겠네요. 그
　래서 그 사람의 인생이 달라지네요."
"그래서 매 순간 자신에게 질문하는 거지."
"그러면 질문을 해서 부정적인 대답을 하게 되면 어떻게 하나요?"
"그러면 그것을 바꾸는 거지."
"그 순간 자신의 행동을 바꾸어야 하네요."
"그래. 그러면 그 순간 새로운 인생을 살아가게 되지."

"인생이 러허설인 것처럼 굴지 말라. 오늘이 당신의 마지막
날인 것처럼 살아라. 과거는 지났고, 미래는 보장되지 않는다."

- 웨인 다이어

20

상대방이 먼저냐,
자신의 이익이냐

"불변의 진리가 있다. 그것은 무언가를 얻기 위한 가장 확실한
방법은 먼저 도움을 주는 것임을 아는 사람에게 행운이
찾아온다는 점이다."

- 나폴레온 힐

"상대방에게 먼저 주어라."

"왜 상대방에게 먼저 주어야 하나요?"

"그것은 자신을 위해서지."

"상대방에게 먼저 주는 것이 왜 자신을 위하는 것인가요?"

"그것은 상대방에게 주게 되면 지금 당장은 손해가 되지. 하지만 나
중에 보면 결국 자신에게 이익이 되지."

"좀 더 자세하게 이야기해 줄 수 있나요?"

"다른 사람을 대할 때는 항상 상대방에게 어떤 도움을 줄 것인지 생
각하라는 거지."

"그리고 상대방이 원하는 도움을 주나요?"

"그래. 그러면 상대방과 좋은 관계를 갖게 되지. 그리고 상대방은 자신에게 도움이 되기 때문에 나를 좋아하게 되지."

"그러면 자신이 원하는 것을 얻기 위해서는 먼저 상대방에게 주어야 하나요?"

"그렇지. 이것은 불변의 진리이지. 그리고 이런 사람에게는 많은 행운이 찾아오지."

"사람이 온다는 것은 실로 어마어마한 일이다.

그 사람의 과거와 현재와 그리고 그의 미래가 함께 오기 때문이다.

바로 한 사람의 일생이 오기 때문이다.

부서지기 쉬운 그래서 부서지기도 했을 마음이 오는 것이다.

그 갈피를 아마 바람은 더듬어볼 수 있을 마음.

내 마음이 그런 바람을 흉내낸다면 필경 환대가 될 것이다."

- 정현종

"이렇게 좋은 관계가 되면 어떻게 되나요?"

"그러면 자신이 상대방에게 강한 영향을 주게 되지."

"그래서 자신의 의견이 상대방에게 잘 전달이 되겠네요."

"그렇지. 그래서 자신이 원하는 것을 상대방으로부터 얻게 되지."

"그런데 왜 상대방이 원하는 것을 먼저 주어야 하나요?"

"상대방이 원하는 것을 먼저 주어야 자신이 원하는 것을 상대방으로부터 얻게 되지."

"내가 먼저 주지 않으면 상대방으로부터 자신이 원하는 것을 얻을
　수 없나요?"

"그렇지. 그렇지 않으면 상대방이 내가 원하는 것을 줄 수 없지."

"왜 그렇게 되나요?"

"상대방이 내가 원하는 것을 모르기 때문이지. 그리고 알아도 언제
　줄지 모르기 때문이지."

"그래서 먼저 상대방에게 주는 것이 중요하네요."

"그렇지. 그리고 한 사람의 가치는 받는 것이 아니라 주는 거지."

"자신의 가치는 자신이 다른 사람을 위해 얼마나 줄 수 있느냐에 달
　려있네요."

"무얼 받을 수 있나 보다 무얼 주는가에 한 사람의 가치가 있다."

- 아인슈타인

"그래. 그리고 이렇게 상대방이 원하는 것을 주기 위해서는 어떻게
　해야 하지?"

"상대방이 원하는 것을 알아야 하지요."

"그것을 어떻게 알 수 있지?"

"그것은 상대방과 관심을 가지고 소통하는 것이지요."

"그래. 그러면 상대방과 소통을 잘하는 비결은 무엇이지?"

"그것은 자신을 잊어버리고 온전히 상대방에게 집중하는 거지요."

"그래. 그러면 상대방이 자신과 연결이 되고 하나가 되어 소통이 잘
되지."

"그러면 자신을 원하는 것을 얻기 위해서 상대방을 어떻게 대해야
하나요?"

"상대방에게 자신이 원하는 것을 먼저 주는 거지. 자신이 상대방에
게 친절을 원하면 자신이 상대방을 친절하게 대하는 거지."

"그러면 상대방도 나를 친절하게 대하나요?"

"그렇지. 이와 같이 자신이 가지고 있는 것을 외부로부터 끌어당기
게 되지."

"그래서 자신이 가지고 있는 것이 중요하네요."

"그렇지. 그래서 자신이 살아가는 세상은 자신이 끌어당긴 결과지."

"타인에 대한 생각과 행동은 자석과 같아서 남들 역시 자기가
한 것과 비슷하게 생각하고 대하고 행동한다. 친절은 친절을 낳고,
불친절은 불친절을 낳는 것이다."

- 나폴레온 힐

"그러면 상대방을 어떻게 생각해야 하나요?"

"그것은 상대방이 신이라고 생각하는 거지."

"그러면 어떻게 되나요?"

"상대방에게서 빛을 보게 되지."

"그 말은 무슨 뜻인가요?"

"자신을 잊어버리고 상대방에게 온전히 집중하는 거지."

"그러면 어떻게 되나요?"

"그러면 상대방이 이 세상의 전부인 것으로 생각하게 되지."

"다른 사람들에게서 빛을 보고 그것이 당신이 보는 전부인 것처럼 대해라."

- 웨인 다이어

"이렇게 되면 상대방을 존중하지 않을 수 없겠네요."

"그렇지. 상대방을 존중하는 것이 자신이 상대방으로부터 존중받는 가장 확실한 방법이지."

"그러면 가치 있는 인생은 어떤 것인가요?"

"그것은 자신이 아니라 남들을 위해서 살아가는 거지."

"오직 남들을 위하여 산 인생만이 가치 있다."

- 아인슈타인

21 이전의 자신과 비교하냐, 타인과 비교하냐

"너 자신이 되라. 다른 사람은 이미 있으니까."

- 오스카 와일드

"이전의 자신과 비교하라."

"그 말은 무슨 뜻인가요?"

"다른 사람과 비교하지 말라는 거지."

"그런데 왜 사람들은 자신을 다른 사람과 비교할까요?"

"그것은 다른 사람을 의식하기 때문이지."

"그러면 다른 사람을 의식하지 않기 위해서는 어떻게 해야 하죠?"

"그것은 자신에게 집중하는 거지."

"그러면 어떻게 자신에게 집중하나요?"

"이전의 자신과 현재의 자신을 비교하는 거지."

"우리는 살아가면서 다른 사람을 의식하지 않을 수 없잖아요."

"그렇지. 그래서 다른 사람과 비교를 하면서 살아가지."

"우리를 망치는 것은 다른 사람들의 눈이다. 만약 나를 제외한 다른 사람이 모두 장님이라면 나는 굳이 고래 등 같은 번쩍이는 가구도 원할 필요가 없을 것이다."

- 벤자민 프랭클린

"다른 사람과 자신을 비교하면 어떤 점이 문제인가요?"

"그것은 자신을 망치는 가장 빠른 방법이지."

"왜 자신을 망치나요?"

"자신이 잘하는 점보다 부족한 점에 자신의 에너지를 집중하기 때문이지."

"그래서 자신에 대하여 부정적인 생각을 하게 되네요."

"그렇지. 그래서 자신에게 도움이 되는 것이 아니라 오히려 해로운 일이 되지."

"그러면 다른 사람과 자신을 비교하는 것이 항상 나쁜가요?"

"그렇지 않지. 자신보다 못하는 사람과 비교하면 행복하게 되지."

"그 이유는 무엇인가요?"

"그것은 자신보다 못하는 사람과 비교하면 자신의 좋은 점을 발견하게 되기 때문이지."

"다른 사람과 자신을 비교하면 불행하게 되는 이유는 무엇인가요?"

"그것은 이 세상에는 자신보다 잘하는 사람이 항상 있기 때문이지."

"이렇게 비교하는 것이 자신의 행복을 좌우하네요."

"그래. 그래서 비교할 때는 그것이 자신에게 도움이 되는지 생각해야 하지."

"사람의 불행과 행복을 좌우하는 것은 비교이다."

- 토머스 풀러

"그러면 이전의 자신과 비교하면 어떤 점이 좋나요?"
"이전의 자신과 비교하면 항상 이전보다 잘하게 되지."
"그래서 자신에 대해서 긍정적인 생각을 하게 되나요?"
"그렇지. 자신이 이전보다 성장하고 변화된 점을 알게 되지. 그래서
 자연스럽게 앞으로 더 잘해야겠다는 생각을 하게 되지."
"그러면 자신이 성장하기 위해서 중요한 점은 무엇인가요?"
"자신에 대해 긍정적인 생각을 하는 거지."
"자신에 대해 부정적인 생각을 하면 절대로 성장할 수 없겠네요."
"그렇지. 자신에 대해 부정적인 생각하면 아무 일도 할 수 없지."
"그러면 자신에 대해 부정적인 생각이 들면 어떻게 하나요?"
"그것은 자신에게 집중하는 거지. 그리고 남들보다 잘하려고 하지
 않는 거지. 또한 이전의 자신보다 잘하려고 하는 거지."

"남보다 더 잘하려고 고민하지 말라. 지금의 나보다 잘하려고
 애쓰는 게 더 중요하다."

- 윌리엄 포크

"자신에게 집중하면 좋은 점은 무엇인가요?"

"그것은 내적인 동기가 유발되지."

"그 이유는 무엇인가요?"

"자신에게 집중하면 자연스럽게 더 잘해야겠다는 생각을 하기 때문이지."

"이러한 내적인 동기 유발이 중요한 이유는 무엇인가요?"

"내적인 동기가 유발되면 아무리 힘든 상황에서도 자신의 잠재 능력을 최대한 발휘하게 되지."

"이렇게 자신의 잠재 능력을 최대한 발휘해야 성공하게 되나요?"

"그렇지. 성공은 각자 자신에게 주어진 능력을 최대한 발휘하여 최고의 모습으로 살아가는 거지."

"성공의 의미는 상대적인 것이 아니라 주관적인 것이네요."

"그렇지. 상대적인 것으로 다른 사람과 비교하면 불행하게 되지."

"그러면 이전의 자신과 비교하면 행복하게 되나요?"

"그렇지. 자신을 다른 사람과 비교하지 않고 자신에게 집중하는 사람은 행복하지."

"그러면 다른 사람이 행복하게 살아가면 어떻게 생각해야 하나요?"

"그것을 통해서 자신이 함께 행복을 느끼는 거지."

"그러면 다른 사람이 행복한 것을 보고 자신이 괴로워하면 어떻게 되나요?"

"그러면 자신이 불행해지지."

"자신의 것을 남의 것과 비교하지 말고 즐기도록 해라. 다른 사람이
행복하여 괴로워하는 자는 결코 행복하지 못할 것이다."

- 세네카

"타인과 자신을 비교하면 안 되는 이유는 무엇인가요?"
"그러면 타인에게 자신의 에너지를 집중하게 되기 때문이지."
"그러면 자신에게 집중하지 못하게 되나요?"
"그렇지. 그래서 자신의 길을 똑바로 가야 하지."

"중요한 일은 다만 자신에게 지금 부여된 길을 한결같이
똑바로 나아가고 그것을 다른 사람들의 길과 비교하거나 하지
않는 것이다."

- 헤르만 헤세

22

어렵고 힘든 길이냐,
쉽고 편한 길이냐

"성공하고 싶다면 반드시 대가를 지불해야 한다.
어려움은 회피의 대상이 아니라 경험의 대상이다."

- 보도 섀퍼

"어렵고 힘든 길을 가라."

"그 말은 무슨 뜻인가요?"

"쉽고 편한 길을 가지 말라는 거지."

"왜 어렵고 힘든 길을 가야 하나요?"

"그것은 자신이 원하는 것을 성취하기 위해서지."

"쉽고 편한 길을 가면 아무것도 성취할 수 없나요?"

"그렇지. 아무리 작은 것도 자신이 원하는 것을 이루기 위해서는 어
렵고 힘든 길을 가야 하지."

"왜 그런가요?"

"쉽고 편하게 살아가면 최선의 노력을 하지 않게 되지. 그래서 결과

적으로 아무것도 하지 않게 되지."

"그러면 어렵고 힘든 길을 가면 자신이 원하는 모든 것을 성취하게
되나요?"

"그렇지. 어렵고 힘든 길을 가면 자신이 원하는 것을 성취하게 되지."

"성공한 사람이 될 수 있는데 왜 평범한 이에 머무르려 하는가?"

- 베르톨트 브레히트

"어렵고 힘든 길을 가면 그러한 경험이 인생에 어떤 도움이 되나요?"

"어렵고 힘든 길을 통해서 삶의 지혜를 깨닫게 되지."

"쉽고 편한 길은 지혜를 얻을 수 없나요?"

"그렇지. 자신이 최선의 노력을 하지 않아 배움이 일어나지 않지."

"그래서 인생에서 성장을 위해서는 어렵고 힘든 길을 가야 하는 것
이네요."

"그래. 어렵고 힘든 길을 선택한 사람은 많은 것을 성취하지."

"왜 어렵고 힘든 길을 갈 때 자신이 스스로 선택해야 하나요?"

"그렇지 않으면 자신이 선택하지 않았기 때문에 최선을 다하지 않
게 되지. 그리고 적당하게 형식적으로 하게 되지."

"그러면 자신이 스스로 선택하면 어떻게 되나요?"

"자신이 선택했기 때문에 자신의 능력을 최대한 발휘하게 되지."

"그리고 스스로 어렵고 힘든 경험을 하면 인생의 소중한 가치를 배
우게 되겠네요."

"그렇지. 그것을 통해서 끈기와 인내심, 자기 통제력을 배우게 되지."

"나는 내 인생에서 겪어왔던 모든 역경에 감사한다.
그들은 내게 끈기와 동정심, 자제력과 지속성 등 그전에는 몰랐던
가치 있는 것들을 가르쳐주었기 때문이다."

- 나폴레온 힐

"왜 자신이 스스로 어렵고 힘든 길을 가야 하나요?"

"그래야 자신에게 오는 고통을 긍정적으로 받아들이게 되지."

"만일 다른 사람에 의해서 선택을 하게 되면 불평불만을 하게 되나
요?"

"그렇지. 그리고 그러한 경험을 통해서 얻을 수 있는 배움도 한계가
있지."

"그래서 현실에서 편하게 안주하지 않고 어렵고 힘든 길을 가야 하
네요."

"그래. 그래야 자신이 원하는 최상의 결과를 얻게 되지. 평범하게 살
아가면서 성공을 꿈꾸는 것은 어불성설이지."

"인생의 재미란 바로 그런 것이다. 만약 최상의 것을 구하지 않고
적당히 안주하면, 삶은 우리에게 꼭 그 만큼만 준다."

- 서머싯 몸

"그래도 인생에서 왜 어렵고 힘든 길을 가야 하는지 잘 모르겠어요."

"한 사람의 가치를 판단하는 기준은 얼마나 어렵고 힘든 길을 견뎌 냈는가에 있지."

"그러면 쉽고 편하게 살아가는 사람의 인생은 그만큼 가치가 없다는 거네요."

"그렇지. 행운은 항상 고통과 함께 오기 때문이지."

"그러면 고통을 견디면 행운이 온다는 거네요."

"그렇지. 그래서 고통이 오면 정신을 바짝 차리고 자신의 에너지를 집중해야 하지."

"왜 그런가요?"

"그것은 신이 자신에게 주신 유일한 기회이기 때문이지."

"불행은 결코 혼자 오지 않는다. 불행에서 벗어날 기회와 함께 온다. 불행한 일, 좌절과 슬픔이 당신의 삶을 노크하면 정신을 바짝 차리고 집중하라. 그건 신이 주신 기회다."

- 보도 섀퍼

"고통의 순간이 오면 피하지 말고 즐거운 마음으로 받아들이라는 건가요?"

"그래. 그러면 고통은 항상 생각보다 견딜 만한 것이 되지."

"그러면 이것이 성공한 사람들이 고통을 대하는 방법인가요?"

"그래. 어렵고 힘든 고통을 견디면 더 강한 사람으로 변하게 되지.

이것이 고통이 가진 힘이지.”

“그러면 그러한 과정에서 성취감과 만족감이 크네요.”

“그렇지. 이것이 성공한 사람들이 더 큰 목표를 향해서 계속해서 어렵고 힘든 길을 가는 비결이지.”

“그러면 살아가면서 고난과 역경이 오면 어떻게 생각해야 하나요?”

“자신에게 오는 고난과 역경을 미소로 맞이하는 거지.”

“그러면 어떻게 되나요?”

“고난과 역경을 더 쉽게 견디게 되지.”

“그리고 어떤 결과가 오나요?”

“이러한 긍정적인 삶의 태도는 남들이 생각하지 못하는 기적을 만들게 되지.”

“아무리 힘들고 어려운 고난과 역경이라도 긍정적이고 즐거운 마음으로 자신이 스스로 받아들이면 기적이 일어나네요.”

“고난과 역경에 처할지라도 마음에 여유를 잃지 않고 미소 짓는 삶의 자세야말로 운명을 역전시키는 기적의 비밀이다.”

- 헤르만 헤세

23 작은 차이냐, 큰 차이냐

"작은 일도 무시하지 않고 최선을 다해야 한다.
작은 일에도 최선을 다하면 정성스럽게 된다.
정성스럽게 되면 겉에 배어 나오고 겉에 배어 나오면 겉으로
드러난다. 겉으로 드러나면 이내 밝아지고 밝아지면 남을
감동시킨다. 남을 감동시키면 이내 변하게 되고 변하면 성장한다.
그러니 오직 세상에서 지극히 정성을 다하는 사람만이 나와
세상을 변하게 할 수 있다."

- 중용

"작은 차이를 만들어라."
"왜 그런가요?"
"작은 차이가 모든 것을 좌우하지."
"작은 차이를 강조하는 이유가 있나요?"
"작은 차이가 결국 성공을 만들기 때문이지."

"그러면 작은 차이가 어떻게 성공을 만드나요?"

"모든 일은 시작이 중요하다는 말이지."

"왜 그런가요?"

"시작하지 못하면 어떤 일도 할 수 없지."

"그러면 어떻게 시작해야 하나요?"

"어떤 일을 처음으로 시도할 때는 시작을 작게 하라는 거지."

"왜 시작을 작게 해야 하나요?"

"그래야 어떤 일을 시작하게 되지."

"그러면 시작을 크게 하면 하지 못하나요?"

"그렇지. 시작을 크게 하면 시작하기 어렵지."

"그러면 중요한 것은 어떻게든 시작하는 것이네요."

"그렇지. '시작이 반이다'라는 말이 있지. 시작하면 성공할 가능성이
많아지지."

"이렇게 시작을 작게 하라고 강조하는 이유는 무엇인가요?"

"그러면 누구라도 어떤 상황에서도 쉽게 시작할 수 있기 때문이지."

"위대한 일을 위해서 대단한 도전이 필요하지 않다.
단지 순간순간의 작은 도전이 모여 위대한 일을 이루어간다."

- 모션코치

"그런데 사람들이 실패를 하는 이유는 무엇인가요?"

"그것은 작은 차이 때문이지."

"그 말은 무슨 뜻인가요?"

"예를 들어 맛집의 경우 그렇지 않은 음식점과 아주 작은 차이가 나지. 이렇게 작은 차이로 사업의 성패가 결정되지."

"그러면 결국 작은 차이가 성패를 좌우하네요."

"그렇지. 그래서 작은 차이를 만드는 것이 중요하지."

"성공은 한 걸음과 한 걸음 사이에 존재한다."

- 보도 섀퍼

"그러면 작은 차이를 만들기 위해서 어떻게 해야 하나요?"

"그것은 작은 일에 최선을 다하는 거지."

"그 말은 무슨 뜻인가요?"

"매 순간 작은 일을 무시하지 않고 온 마음과 정성을 다하는 거지."

"이렇게 작은 일에 최선을 다해야 하는 이유는 무엇인가요?"

"작은 일에 최선을 다하면 나중에 큰일을 하게 되기 때문이지."

"작은 일에 최선을 다해야 큰 일을 할 수 있다."

- 왕중추

"작은 차이를 만들어야 하는 다른 이유가 있나요?"

"작은 차이를 만든 사람은 다른 사람들로부터 신뢰를 받게 되지."

"그 이유는 무엇인가요?"

"작은 차이를 만드는 사람은 항상 모든 일에 정성을 다하기 때문이지."

"이러한 작은 차이를 만들면 어떻게 되나요?"

"그러면 작은 변화가 일어나지."

"그러면 그러한 작은 변화가 모여 큰 변화가 되나요?"

"그렇지. 작은 변화가 쌓여서 큰 변화로 만들어지지."

"그러면 작은 변화가 일어나면 인생이 달라지네요."

"그렇지. 항상 모든 일의 시작은 작은 차이가 만든 작은 변화이지."

"작은 변화는 어떤 의미가 있나요?"

"작은 변화가 일어나면 새로운 인생을 살아가는 거지."

"그러면 살아가면서 작은 차이와 작은 변화에 집중해야 하네요."

"그래. 그러면 자신이 원하는 인생을 살아가게 되지."

"작은 변화가 일어날 때 진정한 삶을 살게 된다."

- 톨스토이

"자신이 원하는 것을 빨리 성취하기 위해서 어떻게 해야 하나요?"

"그것은 작게 시작하는 거지."

"그 이유는 무엇인가요?"

"작게 시작해야 빨리 시작할 수 있기 때문이지."

"어떤 일을 하려면 빨리 시작해야 하네요."

"그렇지. 그렇지 않고 늦게 시작하면 결국에는 하지 못하게 되지."

"그러면 작게 시작하려면 어떻게 해야 하나요?"

"그것은 마음을 가볍게 하는 거지."

"그 이유는 무엇인가요?"

"마음을 가볍게 가지면 더 쉽게 시작할 수 있지."

"그러면 평상시에 마음을 가볍게 가지고 살아가려면 어떻게 하나요?"

"그것은 생각을 비우는 거지."

"그 이유는 무엇인가요?"

"생각을 비우면 강한 에너지를 갖기 때문이지."

"그러면 그러한 강한 힘으로 어떤 일도 할 수 있게 되나요?"

"그렇지. 그래서 평상시에 쓸데없는 생각을 하지 않게 되지."

"그리고 행동은 어떻게 하나요?"

"생각을 멈추고 행동을 민첩하게 하는 거지."

"작게 시작하라! 그것이 가장 빨리 성공하는 길이다."

- 하우젠

24. 끝까지 버티냐, 쉽게 포기하냐

"위대한 발명왕 에디슨은 백열등을 발명하기 전 수만 번의 실패를 거듭했다. 겨우 한두 번의 실패로 좌절하거나 포기하지 마라."

- 나폴레온 힐

"절대로 포기하지 말고 끝까지 버텨라."

"왜 끝까지 버텨야 하죠?"

"그래야 성공할 수 있기 때문이지."

"그러면 포기하면 성공하지 못하나요?"

"그렇지. 포기는 모든 것을 중단하고 하지 않는 거지."

"그러면 포기 하지 않고 버티면 어떤 일도 할 수 있다는 건가요?"

"그렇지. 그런데 사람들이 중도에 포기하기 때문에 하지 못하는 거지."

"그러면 어떤 일을 한두 번 실패했다고 포기하면 안 되겠네요."

"그렇지. 에디슨은 수만 번의 실패 후에 백열등을 발명했지."

"세상에 그냥 쉽게 얻을 수 있는 것은 없네요."

"그래. 어떤 일을 할 때 실패는 너무나 자연스러운 일이지."

"나는 선수 시절 9,000번 이상의 슛을 놓쳤다. 300번의 경기에서
졌으며 20여 번은 꼭 승리를 이끌어야 하는 경기에서 졌다.
나는 인생에서 항상 실패를 거듭해 왔었다.
이것이 내가 성공한 이유다."

- 마이클 조던

"그런데 절대로 하지 못하는 일도 있잖아요?"
"그렇지. 세상의 모든 일을 잘할 수는 없지. 하지만 자신이 시도한
 것은 잘할 수 있다고 생각한 것이기 때문에 할 수 있지."
"할 수 있는지 할 수 없는지 판단은 누가 하나요?"
"그거야 자신이 하지. 다른 사람들은 그 판단을 할 수 없지."
"왜 다른 사람들은 판단할 수 없나요?"
"그것은 자신만이 자신을 가장 잘 알기 때문이지. 다른 사람은 절대로
 알 수 없지."
"그런데 왜 포기를 하면 안 되나요?"
"포기는 영원히 그 일을 하지 않는 거지."
"그렇지만 많은 실패를 견디는 것은 너무 힘들어요."
"그렇지. 그렇지만 실패는 과정이지. 그래서 우리가 포기를 하지 않
 고 강한 의지만 있다면 얼마든지 견딜수 있지."
"그러면 포기는 우리가 아무것도 할 수 없나요?"

"그렇지. 포기는 우리가 할 수 있는 일이 아무것도 없지."

"그러면 어떻게 하면 실패의 고통을 견딜 수 있나요?"

"고통은 잠깐이라고 생각하는 거지. 고통은 영원하지 않지."

"그래서 고통은 구름과 같이 흘러가는 것이네요."

"고통은 잠깐이다. 그러나 포기는 영원히 남는다."

- 랜스 암스트롱

"그런데 왜 사람들은 하던 일을 포기하나요?"

"그것은 자신이 가지고 있는 힘이 부족하기 때문이지."

"그러면 그러한 힘은 무엇인가요?"

"그것은 마음의 힘, 즉 정신력이라고 하지."

"그러면 정신력은 어떻게 기르나요."

"그것은 자신에게 집중하는 거지."

"자신에게 집중하면 힘이 길러지나요?"

"그렇지. 자신에게 집중하면 강한 마음의 힘을 갖게 되지."

"그러면 이러한 마음의 힘으로 험난한 세상을 살아가네요."

"그렇지. 이러한 강한 마음의 힘이 없으면 세상에서 쉽게 쓰러지지.
 그래서 포기를 하게 되지."

"그러면 도저히 견딜 수 없어서 정말로 포기해야겠다는 생각이 들
 면 어떻게 해야 하나요?"

"'한 번만 더 하자'라고 자신에게 말하는 거지."

"그러면 견딜 수 있게 되나요?"

"그렇지. 그리고 그때가 성공에 가장 가까운 때라고 생각하는 거지."

"가장 어두운 순간이 해가 뜨는 순간이라고 생각하나요?"

"그렇지. 등산을 하면서 가장 힘든 순간은 산의 정상에 가까이 있을 때이지."

"포기해야겠다는 생각이 들 때야 말로 성공에 가까워진 때이다."

- 밥 파슨스

"그래도 정말로 너무 힘들어서 버티기 어렵다고 생각이 들 때는 어떻게 해야 하나요?"

"그러면 아무 생각을 하지 않는 거지."

"그 말은 무슨 뜻인가요?"

"에레베스트 산의 정상을 향해 갈 때 죽을 것처럼 힘들면 어떻게 하지?"

"그냥 아무 생각도 하지 않게 되죠."

"그래. 심호흡을 하면서 그냥 한 발 한 발 걷게 되지."

"그러면 이렇게 정말 힘든 순간에 포기하지 않고 계속하게 하는 힘은 무엇인가요?"

"그것은 용기지. 용기는 이렇게 아무 힘이 없을 때 계속하는 것을 말하지."

"그러면 이 순간에 버티는 사람은 용기 있는 사람이네요."

"그렇지. 이렇게 용기 있는 사람만이 포기하지 않고 버티게 되지."

"용기는 계속할 수 있는 힘이 아니다.
용기란 아무 힘이 없을 때 계속하는 것이다."

- 루즈벨트

"그러면 인생에서 가장 불행한 일은 무엇인가요?"
"그것은 지금까지 한 번도 꿈을 꿔보지 않는 거지."
"왜 그런가요?"
"그것은 꿈이 인생을 살아가는 데 가장 강력한 에너지이기 때문이지."
"꿈이 없는 사람은 그러한 에너지가 없이 살아가네요."
"그렇지. 그래서 인생에서 중요한 것은 자신 앞에 놓여 있는 장애물
 의 크기가 아니라 자신이 가지고 있는 힘의 크기이지."

"그대의 꿈이 한 번도 실현되지 않았다고 해서 가엽게 생각해서는
안 된다. 정말 가엾은 것은 한 번도 꿈을 꿔보지 않았던
사람들이다."

- 크리스토프 에센바흐

25 복리냐, 단리냐

"'만일 사회생활을 처음 시작했을 때부터 복리 개념을 정확히
이해하고 실천했다면 지금 나의 삶은 얼마나 달라졌을까?'라고
생각했다. 그러면 자신이 엄청나게 달라졌을 것이라고 생각했다.
그것은 단지 재산의 크기만을 말하는 것이 아니다.
돈을 대하는 태도, 삶을 바라보는 방식도 달라졌을 것이라고
생각했다. 이렇게 복리의 원리는 투자의 원리만이 아니라
삶의 원리다."

- 이상건

"복리의 원리로 살아라."
"복리가 무엇인가요?"
"먼저 단리를 알아야지."
"그러면 단리는 무엇인가요?"
"그것은 원금에만 이자가 붙는 것을 말하지."

"그러면 복리는 무엇인가요?"

"그것은 원금뿐만 아니라 이자에도 원금과 똑같은 이자가 붙는 것을 말하지."

"그러면 복리의 원리로 어떻게 부자가 되나요?"

"어느 택시 기사는 1주당 2천원이던 삼성전자 주식을 20년간 모아 부자가 되었지."

"그러면 누구라도 이렇게 적은 돈을 오랫동안 투자를 하면 큰 부자가 되나요?"

"그렇지. 그것을 복리의 마법이라고 부르지."

"정말로 복리는 부자가 되는 비결이네요."

"그렇지. 그래서 항상 적은 돈이라도 아껴 써야 하지. 그리고 그 적은 돈을 모아서 목돈을 만드는 거지. 그리고 계속해서 투자를 하는 거지. 이것이 부자가 되는 가장 확실한 비결이지."

"복리는 투자자의 종교다."

- 이상건

"복리의 원리가 어떤 것들에 적용이 있나요?"

"노력에도 복리의 법칙이 적용되지."

"그것은 무슨 뜻인가요?"

"축구 선수 이영표의 이야기를 들어보자."

"A4 종이를 10번 접으면 두께가 10cm를 넘게 됩니다. 30번 접으면 두께가 1,000km가 되죠. 중요한 것은 30번이 아니라 1번 더 접으면, 31번 접으면 어떻게 되죠? 2,000km가 넘어요. 30번과 31번은 한 번의 차이가 아니에요. 1,000km와 2,000km의 차이예요. 30번에서 멈출 수 있어요? 멈추면 바보야. 31번에서 멈출 수 있어요? 32번에서 멈출 수 있어요? 멈추면 바보죠. 노력하면 노력할수록 그 배가 되는데. 이걸 아는 사람은 노력을 멈추지 않아요. 그런데 사람들이 이 법칙을 몰라서 노력을 멈추는 거예요."

"노력에도 이러한 복리의 원리가 있다는 것이 놀라운데요."

"그렇지. 그래서 포기하지 않고 꾸준히 노력하면 언젠가 반드시 성공하게 되지."

"노력은 복리로 작용한다."

- 이영표

"그러면 또 어떤 것들이 복리의 원리가 적용되나요?"

"지식도 복리로 쌓이지."

"그것은 무슨 뜻인가요?"

"쉬지 않고 꾸준히 독서를 하면 엄청난 성장을 하지."

"어떻게 성장을 하나요?"

"새로운 지식을 알게 되면 단지 그것만 아는 것이 아니라 이후에 더 많은 것들을 알게 되지."

"그런데 왜 사람들은 독서를 하지 않나요?"

"그것은 사람들이 독서가 가지는 복리의 원리를 모르기 때문이지."

"그래서 워런 버핏이 평생 동안 독서를 하네요."

"그렇지. 독서의 복리 효과를 알게 되면 독서를 안 할 수가 없지."

"지식은 복리로 쌓인다."

- 워런 버핏

"습관도 복리 효과가 있나요?"

"그렇지. 아주 작은 습관이 나중에 엄청난 성장을 하게 되지."

"독서를 습관화하는 가장 좋은 방법은 무엇인가요?"

"그것은 하루에 한 문장 읽기를 하는 거지."

"그러면 어떻게 독서를 하게 되나요?"

"한 문장이 아니라 나중에는 몇 페이지를 읽게 되지."

"이것이 습관의 복리 효과네요. 그런데 왜 사람들은 좋은 습관을 갖
지 못하나요?"

"그것은 사람들이 습관의 복리 효과를 모르기 때문이지."

"습관은 복리로 작용한다."

- 제임스 클리어

"부자가 되려면 어떻게 해야 하나요?"

"성실하고 검소해야 하지."

"그러면 어떻게 되나요?"

"다른 사람들로부터 신뢰를 받고 자신도 성취감을 갖게 되지."

"그러면 부자가 되나요?"

"그렇지. 이렇게 성실하고 검소하면 복리의 원리가 적용되지. 그래서 나중에 부자가 되지."

"부의 근원은 근검이다. 사람이 부지런히 일하면서 저축하면 자연히 신용이 생기고 자신도 모르게 성취감이 쌓여가서 사람이 크게 되고 나중에는 기적 같은 큰 일도 할 수 있다."

- 정주영

"복리의 핵심은 무엇인가요?"

"아주 작은 것을 포기하지 않고 오랜 시간 동안 꾸준히 하는 거지."

"그러면 언젠가 자신이 원하는 행복과 성공을 얻게 되나요?"

"그렇지. 인생에서 성공의 비결은 작은 것을 꾸준히 하라는 거지."

"복리는 행복하고 성공한 인생을 위한 첫 번째 삶의 원리네요."

"인류가 발견한 가장 위대한 수학적 발견이 바로 복리 계산이다. 이는 세계의 8대 불가사의다."

- 아인슈타인

선택

초판인쇄	2023년 3월 27일
초판발행	2023년 4월 3일
지은이	김복현
발행인	조현수, 조용재
펴낸곳	도서출판 더로드
기획	조용재
마케팅	최관호 최문섭
편집	강상희
디자인	호기심고양이
주소	경기도 고양시 일산동구 백석2동 1301-2 넥스빌오피스텔 704호
전화	031-925-5366~7
팩스	031-925-5368
이메일	provence70@naver.com
등록번호	제2015-000135호
등록	2015년 06월 18일

정가 16,000원
ISBN 979-11-6338-363-5 03810

파본은 구입처나 본사에서 교환해드립니다.

본문 사진: Unsplash의 Mohammad Alizade